中华
魂
ZHONGHUA HUN

U0723606

百部爱国故事丛书

民族英雄林则徐
1785年8月 - 1850年11月

誓与禁烟相始终

——民族英雄林则徐

黄云鹤　编著

吉林人民出版社

图书在版编目（CIP）数据

誓与禁烟相始终：民族英雄林则徐 / 黄云鹤编著.
-- 长春：吉林人民出版社，2011.3 （2021.8 重印）
（中华魂·百部爱国故事丛书）
ISBN 978-7-206-07475-2

Ⅰ．①誓… Ⅱ．①黄… Ⅲ．①故事－中国－当代
Ⅳ．① I247.8

中国版本图书馆 CIP 数据核字 (2011) 第 032628 号

誓与禁烟相始终
——民族英雄林则徐
SHI YU JINYAN XIANG SHIZHONG
　　——MINZU YINGXIONG LIN ZEXU

编　　著：黄云鹤
责任编辑：刘子莹　　　　封面设计：孙浩瀚
制　　作：吉林人民出版社图文设计印务中心
吉林人民出版社出版 发行（长春市人民大街7548号　邮政编码：130022）
印　刷：北京一鑫印务有限责任公司
开　本：787mm×1092mm　　1/16
印　张：8　　　　字　数：64千字
标准书号：ISBN 978-7-206-07475-2
版　次：2011年3月第1版　　印　次：2021年8月第2次印刷
定　价：35.00 元

如发现印装质量问题，影响阅读，请与出版社联系调换。

总　序

　　《中华魂》是一套故事丛书。它汇集了我国自鸦片战争以来一百八十余年间的近百位民族英雄、仁人志士、革命领袖、先进模范人物的生动感人事迹，表现了他们作为中华儿女的伟大的爱国主义精神。

　　爱国主义是人们对于"生于斯、长于斯、衣食于斯"的祖国的一种神圣感情，是人们对于自己民族的一种强烈的责任感和使命感，是感召和激励整个中华民族的一面永不褪色的旗帜。在一百多年的中国近现代史上，爱国主义一直激励着中华儿女为祖国的独立、统一、进步和繁荣而英勇奋斗。从"苟利国家生死以，岂因祸福避趋之"的林则徐，到"我自横刀向天笑，去留肝胆两昆仑"的谭嗣同；从"铁肩担道义，妙手著文章"的李大钊，到"青春换得江山壮，碧血染将天地红"的赵一曼；从"县委书记的好榜样"的焦裕禄，到"问鼎长天，扬我国威"的邓稼先……都表现出了强烈的爱国主义精神。正是由于热爱祖国的人们前仆后继地奋斗，国家和民族才得以生存，才能够在一次次历史危急关头转危为安，走向兴盛和富强，从而屹立于世界民族之林。爱国主义是鼓舞中华儿女历经忧患、跨越沧桑、百折不挠、自强不息的伟大力量，它贯穿于中华民族的整个历史，并有力地凝聚着五洲四海的中国人。

爱国主义是一个历史的范畴，在社会发展的不同阶段、不同时期有不同的具体内容。革命时期，需要我们为祖国的独立自主出生入死；建设时期，需要我们为祖国的繁荣富强增砖添瓦。在全国各族人民团结一心，开启全面建设

社会主义现代化国家新征程的今天,我们要争
做一名新时期的爱国者。新时期的爱国者要有
强烈的民族自尊心、自豪感。民族自尊心、自豪
感是任何时期、任何爱国者都必须具备的情感。
民族自尊心能增强我们自立向上的恒心,民族
自豪感能树立我们建设祖国的信心。要树立
"祖国高于一切"的崇高信念,为了祖国和人民
的利益不惜抛却个人的利益,甚至不惜牺牲个
人的生命。我们要树立终身学习的理念,拓宽
自己的知识面,广泛吸收新知识、新技术,完善
自身的知识结构,更新学习知识的方法与理念,
从思想上、知识上充分武装自己,为祖国的繁荣
昌盛贡献力量。

　　爱国主义思想的继承和发扬,是关系到民
族盛衰、国家兴亡的根本问题。爱国主义思想
情操的形成,需要不断地培养。培养爱国主义
精神的一个重要途径是向英雄人物和典范事迹

学习和致敬。这套丛书的出版，对于青少年向英雄和先进人物学习，特别是对于在中小学生中进行爱国主义教育是不可多得的生动的教材。祝愿此书出版发行成功，为培养时代新人做出贡献。

胡维革

中华
魂
百部爱国故事丛书

编 委 会

策　划：胡维革　吴铁光
　　　　林　巍　冯子龙
主　编：胡维革　邢万生
副主编：贾淑文　杨九屹
编　委：（按姓氏笔画为序）
　　　　于二辉　刘士琳
　　　　刘文辉　孙建军
　　　　李艳萍　吴兰萍
　　　　谷艳秋　隋　军

苟利国家生死以，岂因祸福避趋之。

——林则徐

目　录

中华魂 百部爱国故事丛书
ZHONGHUA HUN

树立救国救民的远大志向

林则徐（1785—1850），福建侯官（今福州）人。他于1839年受命为钦差大臣，在禁查鸦片和抵抗外国侵略的斗争中，为国家为民族作出了重大的贡献，不愧为中华民族的大英雄。

1785年8月30日子夜，林则徐出生在福建侯官（今福州市）。

林则徐的父亲名叫林宾日，是一位以教书为生的穷秀才。他已有几个女儿，曾有一个男孩儿，不幸出生几个月便夭折了。林则徐的出世给这个家庭带来了无限的欢乐和希望，林宾日高兴得连嘴都合不上了。传说这一

天夜里，林宾日在梦中看见凤凰飞翔，孩子的出世，使他马上联想到有"天上麒麟"称誉的南朝才子徐陵，感到这是个不同寻常的吉兆，便给这个孩子取名则徐，字石麟。当然，传说只能是传说，不足为据，但是父亲望子成龙，盼孩子将来有个好的前程，光宗耀祖的心情是很迫切的。

林则徐小的时候，家里非常贫穷。林氏家业从他祖父时就开始衰败。林宾日自幼便随父亲出外奔波谋生，13岁开始入私塾读书，成年后，因家境贫困，不得不出外当私塾先生。辛辛苦苦挣点儿钱，在左营司巷置了一间小屋，建立起小家庭。他一面养家，一面苦读，希望有朝一日金榜题名，步入仕途。先后考上秀才，补为廪生，后因眼疾，只好放弃这条道路，与妻子辛勤养育子女。林则徐出生后，其家境毫无改观，据说，林家只有除夕才能吃上一顿素炒豆腐。家中的小油灯经常是昏暗不明，林则徐在灯下读书，而他的母亲、姐姐就借着微弱的灯光做针线活、剪纸花，贴补家用。也只有在除夕，挂在壁上的油灯才有两根灯芯。

在封建社会里，穷人家的孩子要想出人头地，必须走科举的道路。林宾日在科举中耗尽了青春，仍没有获得一官半职，只好把希望寄托在儿子的身上。林则徐从3岁起，父亲便不管刮风下雨，每天都把他抱到自己教书的私塾里，让他坐在自己的膝上，授以四书五经，父亲念一句，他跟着念一句。不仅白天学，晚上回家在油灯下，继续填鸭一般地

『虎门故事』商业街场景

誓与禁烟相始终
——民族英雄林则徐

硬灌。从6岁起，父亲便教他作八股文。读书经与作八股文是通向仕途的破门砖，只有学好，才能有机会做官。林则徐从懂事起就知道学习的用途，所以非常刻苦。

少年时代，为了读书，林则徐有时将自己的衣服典当换钱买书。有一段时间，他还在闽县衙门内兼做知县的抄书员，挣点钱补贴读书费用。他看到母亲和姐姐们为了维持生活和供自己读书，有时通宵达旦地做活儿，感到非常不安。他要帮妈妈干点儿家务，母亲非常生气，对他说："男儿应立大志，只有勤奋读书，光宗耀祖，才算是不负父母一片苦心，怎么能做这些琐事而耽误学业呢？"

父母的教诲和自己的发愤刻苦，使林则徐很快便

成为远近闻名的"神童"。有人想试一试他的才学，出上联"鸭母无鞋空洗脚"，林则徐脱口对出下联："鸡公有髻不梳头。"有一次，老师带着林则徐等学童游鼓山绝顶峰，一时兴起，出"山"、"海"二字，叫学童们各作一对七言联句，当别的学童还在冥思苦想时，林则徐已作出"海到无边天作岸，山登绝顶我为峰"的佳句，获得老师和众学童的一片喝彩。在他12岁时，取得府试第一名，第二年参加科试，中秀才，与曾任河南永城知县的郑大谟的长女郑淑卿订婚，进入鳌峰书院学习。

　　在鳌峰书院读书期间，是林则徐人生中一个重要阶段，关系到他的人生观与世界观的形成。鳌峰书院的地位是当时福建的最高学府，山长（院长）郑光策是一个进士出身的封建士大夫，不仅学识渊博，还关心时事，刚直不阿，对当时的社会腐败现象十分不满。他鼓励学生要有振兴国家的志向，要有目的地读书。林则徐在郑光策的指导下，勤奋钻研中国封建社会的传统知识，接触各种经史典籍，从中汲取营养，大大地开阔了视野。

另外，还有当时著名的汉学家陈恭省（又名寿祺）对他的影响也很大，逐渐形成了他自己经世致用的思想。在阅读史籍中，他对历史上反抗外敌、保卫疆土、视死如归、慷慨就义的英雄人物，如李纲、岳飞、文天祥、于谦等深深地敬佩。尤其是南宋的抗金将领李纲，是福建邵武人，是林则徐的老乡，为保卫南宋江山，统率军队抵挡金兵侵扰，后来遭到投降派的诬陷，被罢职斥逐出京。李纲死后，福建人民为他建立了祠墓。林则徐经常前去凭吊，并与学友梁章钜等人修葺李纲墓地。后又将李纲祠从越王山麓移建到石湖荷亭，并亲自为之树碑题联，表达对这位抗金英雄的敬佩。书院七年寒窗苦读，是林则徐从幼稚走向成熟的一个重要阶段。父母师长的教诲，书院学风的熏陶，奠定了他关心国家民族命运、关心民生利病的思想，树立了救国救民的远大志向。

林则徐与关天培

1832 年，林则徐任江苏巡抚时，英船阿美士德号在东南沿海进行间谍侦察活动，林则徐与两江总督陶澍即派时任苏松镇总兵的关天培"亲自督押"，驱逐南行。当该船重现山东沿海时，林、陶估计船内"夹带违禁之鸦片烟土等物，在于海口勾串奸商，哄诱居民，私相授受"，所以对此船采取严厉措施。

1834 年，关天培升任广东水师提督。1839 年，林则徐任钦差大臣到广东禁烟。他们合作进行了震惊世界的虎门销烟。林则徐意识到英国侵略者不会善罢甘休，在很多地方增加了炮台和大炮，同时动员并组织民众操练，关天培均认真予以落实。1839 年 9 月 4 日，水师根据林则徐的谕令，奋起击退了敌人的挑衅，这次九龙之战即意味着鸦片战争开始。10 月 29 日，英一商船在中国引水的导航下，驶至穿鼻洋面准备报关入口，突遭两艘英兵船炮击。关天培亲身挺立桅前，自拔腰刀，指挥本船弁兵和后船开炮回击。突然一发炮弹击落一片桅木，将关天培手背擦破，关天培奋不顾身，仍持刀指挥战斗。英国一艘兵船前后分别被火炮击中，不少英兵跌落海中。激战一时许后，英船且御且逃地遁去，中方取得了穿鼻洋之战的胜利。11月，中英双方在官涌山（九龙尖沙嘴北）一带发生6次战役，中方均获胜利。

林则徐两度驻扎虎门，和关天培朝夕相处。在关母90岁生日前夕，林则徐题瑞菊延龄图一首，赞颂关天培是"功高靖海长城倚"、"傲霜花艳岭南枝"。这是对镇守祖国南大门、抵御英寇入侵的爱国将士的讴歌！

腐朽的清廷，取得一点胜利就狂妄自大；稍遇挫折，就打击忠良，卑躬屈膝。他们革了林则徐的职，让琦善接替林则徐。琦善不仅独断专行，排斥异己，而且一反林则徐的正确路线，力求为英国侵略者"代伸冤抑"，以实现其投降媚外的目的。这样，英军的入侵和清军的溃败就势在必然了。

1841年2月26日，英军向虎门各炮台发起总攻击。上、下横档失陷后，英军集中攻击靖远炮台及其两侧的镇远、威远炮台。在琦善的掣肘和破坏下，守军弹尽人亡，关天培手执佩刀，狠狠砍杀闯上炮台的英兵，不幸当胸被敌炮击中，壮烈殉国。他双目不闭，挺立不倒，英军"见天培屹立如生，反骇而仆"。噩耗传来，林则徐悲痛欲绝，他挥泪为关天培及游击（官名）麦廷章写下了一副凝结了深厚战斗情谊的对联："六载固金汤，问何人忽坏长城，孤注空教躬其瘁。双忠同坎壈，闻异类亦钦伟节，归魂相送面如生。"

林则徐和关天培，是坚强不屈的战士、誓死如归的战友。

林则徐的后裔

福州人常说："陈林半天下，黄郑满街排。"意思是说福州人姓陈姓林的占去一半，姓黄姓郑的到处有。据近年有关部门统计，福州市区姓陈的有二十多万人，姓林的有十九万多人，占三分之一，相当可观。姓林的多属"九牧林"，也有的是唐末从河南跟随王审知入闽的后代。据文献记载，姓林的都是商纣王的叔叔比干的后代，唐代的比干后代福建莆田人林披，生了九个儿子，都做了州县的官，古代人把老百姓比做羊，当官的就是牧羊人，所以这九个儿子的后代都称"九牧林"。

民族英雄林则徐便是"九牧林"的后裔，他编过《长林林氏族谱》。他的先世由莆田迁到福清海口镇岑兜村，清初从岑兜村移到福州，所以现在岑兜村也有林则徐纪念堂。林则徐祖父辈都是平民。林则徐靠自己的勤奋和才智，为道光帝所赏识，命为钦差大臣前往广东禁烟，他在广州期间，组织人翻译外国书报，亲自编辑成《四洲志》和《澳门新闻纸》。《四洲志》简介世界各国情况，《澳门新闻纸》犹如国内的《参考消息》，这在以前是没有人做过的，可以说林则徐不仅是世界禁毒先驱，而且是中国近代放眼看世界的第一人。

清代末年，英国伦敦博物馆就有林则徐蜡像，1997年林则徐铜像立在美国纽约市区，受到了美国人民的敬仰。1998年中国发现了一颗新的小行星，就是以林则徐的名字命名的，2000年还立了林则徐之星纪念碑，安放在福州林则徐出生地。因此，林则徐是全世界敬仰的伟大人物。

林则徐生有三男三女。

长子林汝舟，进士出身，官翰林，他的后代多是单传，至今福州没有他的后裔，在南京有几个。

次子林聪，举人，做官后在福州宫巷购买房屋，繁衍了很多子孙。

三儿子林拱枢，举人，做官后仍居住在林则徐做官后买的房子里，也有很多子孙。林则徐子孙现在已繁衍八代，有近千人，分散在全国和世界各地。

林炳章（1875—1923）是林则徐的曾孙，光绪二十年（1894年）进士，清末任福建高等学堂监督期间，曾资助学生赴日本留学。民国后，被推举为去毒总社长，继承先祖林则徐的遗志，为禁止鸦片做了大量工作。他还主持市政，疏浚西湖，兴建公园。1916年4月任福建省财政厅厅长；1922年11月，林森继任省长期间，又被任为财政厅长。1923年2月萨镇冰任省长，还任原职，在教育、矿业、开办实业等方面多有建树。

凌青，原名林星卿，是林则徐的五代孙，在大学就学时，就参加了革命，后从事外交工作，曾任中国驻联合国大使，中国收复香港的文本就是由凌青递交给联合国的。凌青还是林则徐基金会的发起人之一，并被推举为会长，曾为出版《林则徐全集》、修复林则徐遗迹，不遗余力。比凌青小一辈的林强，原是福州大学教师，当过福州市副市长，现在是福建省人大常委会副主任。

林则徐后代有的在香港，有的在台湾，有的散居世界各地，美国、英国、法国、德国、巴西、新西兰、新加坡等国家都有林则徐的后代，其中以侨居美国的为最多。他们多从事科学研究工作，为促进世界各国科技文化交流做了大量工作，也为祖国繁荣富强作出了贡献。

林则徐的旅游诗联

林则徐为官十四省，由于工作的关系，经常行走在路上。林则徐对于旅行途中的名胜古迹必观瞻，一般还要写诗，这些诗写景、状物、怀古、抒情，其主要表现在对爱国历史人物的情结上。例如，1819年林则徐派充云南乡试正考官，途经河南汤阴时写《汤阴谒岳忠武祠》："不为君王忌两宫，权臣敢挠泞臣功。黄龙未饮心徒赤，白马难遮血已红。尺土临安高枕计，大军河朔撼山空。灵旗故土归来后，祠庙犹严草木风。"过孟县时写《孟县拜韩文公墓》。

1827年，林则徐赴任陕西按察使、署布政使的途中，经陕西勉县时，到定军山谒诸葛亮祠、墓并赋诗《定军山谒武侯墓》。后在擢任江苏布政使等待交卸期间，仍赴略阳等地勘灾，在路过留坝县台子紫柏山谒张良墓并写《过紫柏山留侯庙》。

林则徐的旅游诗、联，也体现在对国事的

忧患、对人民深深的爱。如1841年林则徐被革职以四品衔赴浙途经广东清远县飞来寺，为寺僧书联"孤舟转峡惊前梦，绝磴区泉鉴此心"，抒发了对粤事无所作为的愧怍心情。

林则徐的旅游诗，表现了他的正义感和艺术观。如他早期的一首诗《河内吊玉谿生》。玉谿生是唐朝著名诗人李商隐的号，河内（今河南沁阳）是其故乡。林则徐在该诗中，对李商隐身陷党争之中终生不得志深表同情，既肯定了李商隐继承杜甫诗歌精华，也提出不要将温庭筠和李商隐相提并论，更批评了宋朝西昆派诗人仅学到李诗皮毛，只知堆砌典故、追求华丽的诗风，显示了林则徐令人称道的艺术修养。

林则徐还对一些名人的祠和墓进行修缮，修缮后对之进行一些文字的记载或润色，藉以激励自己和后人。如1822年，林则徐在杭州倡议集资整修坐落西湖三台山麓的明于谦墓，秋天工程竣工，林则徐撰《重修于忠肃公祠墓记》，文中指出于谦和岳飞、文天祥是"尚友信国，进而尚友岳忠武"的相承关系，并以岳、文、于自励。文中还说修治这种祠墓是扶树纲常，有关"言治"的大事。

早在1810年，林则徐就在福州清理宋李纲墓地。1829年，林则徐在福州重修李纲祠，由原址越王山麓移建至西湖荷亭，即在新祠旁建屋三楹，屋前植桂树两棵，补以李纲旧宅桂斋的旧额，并题"进退一身关庙社，英灵千古镇湖山"的楹联。由程含章撰、林则徐书写了《新建李忠定公祠堂记》碑。至今桂斋仍是西湖公园内一景，为游人必到之处。前人栽树后人乘凉，林则徐功不可没。

林则徐成为一代伟人，原因是多方面的，接受包括旅游在内的传统文化教育并身体力行是其中很重要的原因。利用旅游对人民群众进行知识的传播和传统文化的熏陶，以陶冶情操、进行爱国主义教育，既很有意义，又是很好的途径和手段。林则徐的旅游诗、联及其旅游实践为我们提供了良好的范例。

忧国忧民的林青天

1804年，年仅20岁的林则徐考中举人，取得到京城参加会试的资格。举人，是他父亲奋斗半生终未取得的头衔，林则徐年纪轻轻就摘取，使其父母高兴万分。揭晓的那天，他迎娶郑淑卿过门，洞房花烛，喜结连理。双喜临门，林家充满了欢乐。林则徐从此告别了学生生活，步入社会，进入人生的另一个阶段。

经过几年的努力，1811年，林则徐中了进士，正式跻身封建士大夫行列，开始了他的官宦生活。

林则徐所处的时代，正是清朝封建统治处于腐败没落、走下坡路的时期，天朝大厦处于风雨飘摇之中，内忧外患交织侵扰。官僚贵族如同饿虎豺狼，残酷地压榨百姓，兼并地产，官场一片黑暗，贪污公行，真可谓"一年清知府，十万雪花银"。例如，道光年间的直隶总督琦善，就占有

「虎门故事」凤冈书院场景

——民族英雄林则徐

誓与禁烟相始终

土地250万亩，金银珠宝不计其数，百姓给他起了个外号——"黄金贼"。广大劳动人民在封建地主官僚剥削压迫下，饥寒交迫、流离失所，过着牛马不如的生活。哪里有压迫，哪里就有反抗，18世纪末，终于爆发了大规模的起义——白莲教起义。1813年天理教起义军杀入北京，直捣清朝统治的老巢。

林则徐书法

赤壁泛舟七月既望

蘭亭修禊暮春之初

林分才

018

　　林则徐刚刚走上仕途，就面临社会矛盾尖锐、社会经济凋敝不堪、满目疮痍的局面。他为了挽救清王朝这个将倾大厦，救民于水火之中，立志要做一个清官、好官。鸦片战争前，他先后任过江南道监察御史、江苏按察使、江苏布政使、湖北布政使、东河河道总督、江苏巡抚、两江总督、湖广总督等职。所到之处，他都除弊兴利、放赈救灾、兴修水利、整顿漕务、发展农业、打击恶霸、替民伸冤，被百姓称为"林青

严阵以待场景 面对英国殖民者的武力威胁，林则徐、邓廷桢、关天培以及广大官兵加强战备，增筑靖远炮台，随时准备打击侵略者。

天"。

林则徐每到一处为官，都非常重视兴修水利，他曾镌刻一枚图章，上刻"管理江淮河汉"，立志尽最大可能解除长江、淮河、黄河及汉水等河流给百姓带来的水患。在他做地方官期间，为治水患，他的足迹遍及大江南北。在任江南道监察御史时，到任不久，河南仪封（今兰考县）洪水泛滥，肆虐的洪水淹没了村庄、冲走了庄稼，广大百姓逃离家园。而负责水利工程的河南巡抚琦善办事无方，水利工程迟迟不能完成，那些不法商人乘机囤积居奇，建筑材料十分昂贵，水利工程无法进行下去。望着白茫茫的大水，林则徐心

誓与禁烟相始终
——民族英雄林则徐

情十分沉重。他连夜上奏皇帝，要求查封所有的河工
物料，平价收买，保证供应。皇帝采纳了他的建议。
于是，治水材料得到保证，河岸工程顺利完成，消除
了水患，难民重返家园，他受到了百姓的爱戴和皇帝
的赞许。

　　江苏是林则徐担任官职最长的地方，他先后在江
苏任过按察使、布政使和巡抚。江苏本是鱼米之乡，
河湖港汊密布大江南北，素有"泽国"之称，土肥水
足，富甲天下，是中国农业、手工业和商业最发达地
区，也是清政府漕运枢纽。在林则徐的想象中，江苏
本应该是山青水秀、景色迷人、百姓富庶、一片繁荣。
可是，他一踏入江苏的土地，映入眼帘的却大大出乎

　　销烟场景　1839年6月3日到25日，林则徐在虎门海滩
当众销毁1 188 127千克鸦片，在世界禁毒史上写下了光辉
的篇章。

意料。凄风苦雨、残破不堪，到处是衣衫破烂的灾民。大雨连绵、洪水横行，成了真正的"泽国"。而那些地方官横行霸道、贪赃枉法、为所欲为，根本不管百姓死活，依旧催逼赋税、地租。这些沉重的灾难使得百姓卖儿卖女，妻离子散。当时重灾区松江的农民无路可走，准备揭竿而起。巡抚韩文倚连夜调兵遣将，要用武力镇压。身为按察使的林则徐听到消息后，焦急万分，他急忙找到巡抚韩文倚沉重地说道："巡抚大

鸦片战争博物馆 地处虎门镇大人山下，背山面海。这里是当年林则徐销毁鸦片的地方，现存有销化鸦片烟池遗址。入馆门，沿中轴线有抗英群雕塑像、虎门销化鸦片纪念碑和常年陈列《林则徐虎门销烟与鸦片战争史实陈列》的陈列楼。这里绿荫蔽日、环境优美，是很有影响的旅游景区。

人，小民敢聚众造反，是被迫无奈所致。民不畏死，奈何以死惧之。动用军队弹压，反而会激起更大的叛乱。这好比治水，堵总不是个办法，必须疏通，才能解除水患。现在当务之急是筹集粮食，赈济灾民，才是解决发生民变的好办法，不知大人意下如何？"

韩文倚看看林则徐，沉思一会儿说道："好吧，就按你的想法办，你速去筹办。"林则徐一面开仓放赈，一面减免当年的赋税，平息了灾民的反抗情绪，百姓免遭杀戮，缓解了一触即发的阶级矛盾，从此林则徐的名望日高。

林则徐任江苏布政使时，长江两岸的灾情仍十分严重，那些大地主、奸商乘机囤积粮食，粮价高得惊人，百姓无钱买米，所以，不断地出现抗租抗税。林则徐到任后，一面安抚百姓，一面打击奸商，强迫他们开仓放粮、赈济灾民。

户部尚书潘世恩家在江苏，他家有米万余石，正好潘世恩在家为其父守孝，林则徐便带着部下去潘府。

进府后二人寒暄了一会儿，林则徐便对潘世恩说："大人，听说贵府有几仓陈粮，不知可否做些善事，救救灾民？"

潘世恩连忙摆手摇头地说道："哪里，哪里，那几个粮仓都是空的，本人非常想救济灾民，可实在是无粮可放啊。"

林则徐见他不肯放粮，眉头一皱，计上心来，遂高声说道："既然大人有几个空粮仓，不妨借我一用，来人哪，将潘大人的粮仓封上。"

随从们迅速封上粮仓，潘世恩气得脸色发紫，拂袖走入后堂去了。

第二天清晨，林则徐在潘府门前开仓放粮，灾民们领到粮后，欢天喜地。从此，林则徐的美名更是家喻户晓了。

林则徐勤勤恳恳、忧国忧民，受到了道光皇帝的赏识。

1832年3月，他被提升为江苏巡抚。消息传开后，江苏各地百姓欢呼雀跃，奔走相告。林则徐赴任时，

誓与禁烟相始终
——民族英雄林则徐

威远炮台月台旧址

江苏的数百万百姓成群结队出来欢迎。

林则徐一方面为百姓的爱戴所感动，另一方面也为江苏的灾患和经济的不振感到忧虑。

江苏虽度过了水灾，但接踵而来的是饥馑和瘟疫，林则徐看到饥民脸如死灰、奄奄待毙的状况，十分焦急。屋漏偏逢连夜雨，他刚上任不久，江南一带骄阳似火，酷暑逼人，大地龟裂，又出现了极为严重的干旱。而江北洪泽湖地区却大雨滂沱，黄河大堤崩坍决口，淮扬地区一片汪洋。

面对这种局面，林则徐食不甘味，寝不安席，心急如焚。在带领灾民救灾的同时，又会同两江总督陶澍，向道光皇帝如实上奏灾情，提出减缓征收遭灾地区的钱粮、漕米的请求。而道光皇帝只关心从百姓那里征

大海有實能容之度

玉甫二嬸屬

明月以常不滿爲心

镛邨退叟林筝

林则徐书法

钱征粮，哪里管百姓的死活。他下旨责备林则徐说："作为朝廷大臣，应以国家利益为重，保证朝廷的供给与需要。不要以为民请命为名，沽名钓誉，以博个人声名。"

圣旨一下，林则徐的心情十分沉重，一边是嗷嗷待哺的灾民，一边是至高无上的皇帝，怎么办呢？他委屈、苦闷、彷徨、彻夜不眠，经过痛苦的思考，他决定继续上奏皇帝，陈情力争，不能怕丢官而置百姓的饥苦于不顾。

他担心会连累陶澍，便对他说："总督大人，将来皇上降罪下来，下官一人承担，绝对与大人无关。"

他奋笔疾书，写道："国家与人民是不可分开的一个整体，朝廷的一切开支都取之于民，民富国家强，民

威远炮台炮巷

——民族英雄林则徐

誓与禁烟相始终

026

穷则国家弱。现在暂时减轻灾区的钱粮赋税，表面上看国家的收入是减少了，但等到渡过难关，恢复了生产，农商兴旺，国家的财政来源不就有保证了吗？这是杀鸡取卵与养鸡生蛋的关系。所以，眼下多对灾民放宽一分，就能够多培养一分灾民的元气，以利日后。不然一味苛求，灾民被逼无奈，就难保不会激起民变。"

　　道光皇帝素来贪财，当然不满意，可仔细推敲林则徐的上奏，又觉得有几分道理，决定养鸡生蛋，采纳林则徐的建议，下旨破例减免了江苏灾区的钱粮赋税。消息传来，灾民分外高兴，纷纷夸赞林则徐是个好官。当时大家都争着传抄林则徐请求减免缓征的奏折，连纸张也跟着昂贵起来。

　　林则徐在向皇帝奏请的同时，积极筹措钱粮，赈灾救民。他自己捐赠银两，其他官员绅商也不得不掏些腰包。时值年关，饥民食不果腹。林则徐看在眼里急在心上，为了将救灾的钱粮及物资最大限度地分给灾民，防止他人从中渔利盘扣，他决定派在苏州府学习的诸生一百零八人代替官绅放赈。

1833年大年三十，天下着鹅毛大雪，林则徐带着学生们在官府门前，给早已排在门外的灾民发放救济钱粮。百姓们感动得纷纷落泪。那些学生们为了纪念这次放赈，颂扬林则徐的功德，编写了一首《放赈歌》：

中丞筹画通权变，放赈恰趁诸生便。
岁暮人人假馆时，一百八图详堪遍。
向时设赈徒务名，此时设赈民欢忭。
贫民夜寒常不眠，终宵辗转泪如霰。
忽得中丞放赈钱，归家各各买秧荐。
贫民乏食行不前，榆糜杂进难充咽。
忽得中丞放赈钱，破灶生烟办宵膳。
贫民贫无骨肉缘，那顾伦常及姻眷。
忽得中丞放赈钱，夫妻父子欢迎面。
吁嗟嗷嗷数万人，感恩早被仁风扇。
况乃田城渐及乡，善政行看遍州县。

　　石狮　石质。一对两件，造型大小相同，皆为雄狮。狮高157.5厘米，宽63.5厘米，长130厘米。石狮前脚直立，后脚伏地，呈蹲踞状。双耳后竖，双眼圆睁，口中牙齿上下相错，含有圆球，颌下有须，狮尾搭在后背上，狮身遍刻毛纹。狮的姿势雄壮威武。清嘉庆年间刻，原立于广东水师提督衙署前。现藏鸦片战争博物馆。

林则徐为了江南人民的长远考虑，从湖南、福建等地引进优良品种，进行实验、推广，提高粮食产量，还改变了江苏广大地区只种晚稻不种早稻的习惯，推行一年两熟的种植方法，从根本上解决了农民的粮食问题。

　　林则徐的为官之道，深得百姓的拥护，也得到道光皇帝的赞赏。"一时贤名满天下"，他每到一处，"扶老携幼，香花载道"，百姓热烈欢迎他。他的事迹被编为歌谣，四处传颂。

"虎门故事"和盛厂草织业场景

誓与禁烟相始终
——民族英雄林则徐

林则徐年谱（1785–1828）

1785年，1岁　8月30日，生于福州左营司巷林氏北院后祖室。父宾日，原名天翰，字孟养，号旸谷，嘉庆侯官岁贡生，是一个以教读为生的下层封建知识分子。母陈帙，闽县岁贡生陈圣灵之第五女。

1788年，4岁　父在邻舍罗氏人家就馆，携入塾中，教以识字。

1791年，7岁　父教以属文。

1796年，12岁

颙琰继位，改年号为嘉庆，弘历称太上皇帝。

本年鸦片输入1 070箱，嘉庆帝诏裁鸦片税额，禁止鸦片输入。

岁试充佾生。弟霈霖（又名元抡，字雨人）生。父在文笔书院执教。

家贫，因偿债入不敷出，母亲和姐妹从事剪裁"象生花"等手工艺劳动，以佐家计。

1797年，13岁　英国给东印度公司在印度制造鸦片的特权。应府试第一。父成岁贡生。

1798年，14岁　参加县试，考中秀才，就学鳌峰书院。与本城朱紫坊名儒、前河南永城知县郑大谟的长女郑淑卿订婚。

1800年，16岁　清政府再次申禁鸦片输入，并禁民间种植罂粟、吸食鸦片。

1803年，19岁　仍在鳌峰书院攻读。几年中，从书院山长郑光策治学，与陈寿祺、梁章钜等人相过从，究心经世学，学风不涉时趋。

1804年，20岁　历时9年、纵横北方五省的白莲教大起义，于本年10月失败。秋，参加乡试，中第29名举人。中举后，与郑淑卿结婚。

1805年，21岁　1月，偕郑夫人北上，赴京参加会试。落榜后，于7月离京师，12月抵福州，以"家食难给"，外出当塾师。

1806年，22岁

6月　嘉庆帝以"洋船私带烟土，其销路如福建之厦门等处，每年纹银出洋不下数百万"，通饬各直省督抚设立章程，严行查禁。在家乡附近当塾师，曾随侍父亲参加"真率会"的活动，作《林希五文集后序》。

秋，应聘赴厦门担任海防同知书记，初步了解鸦片流毒情形。以所办文牍，为汀漳龙道百龄所赏识。

1807年，23岁

2月　为福建巡抚张师诚识拔，招入幕府。

12月　父宾日受张师诚荐，赴将乐县主正学书院。

1808年，24岁

8月　英船强行闯入虎门，停泊黄埔，11月始退出。

在张师诚幕府。

11月　离福州北上，第二次上京会试。

1809年，25岁

6月　清政府颁布《广东外洋商人贸易章程》，并在澳门、虎门、蕉门等海口设防。

在京会试失败，7月返抵福州，仍入张师诚幕府。

8月至10月　随张师诚移驻厦门，参与镇压蔡牵起义，负责起草文移。

1810年，26岁

9月　清廷增设广东水师提督，驻扎虎门。

仍在张师诚幕府，曾与友人清理宋代抗金名臣李纲的墓址。几年来，在张师诚的指导下，"尽识先朝掌故及兵刑诸大政"。

11月　张师诚入觐，林则徐随行，准备第三次参加会试。

1811年，27岁

春，参加会试，复试一等，殿试二甲第四名，朝考第五名，赐进士出身，选翰林院庶吉士，派习清书。

10下旬　请假回乡取眷，离京南下。

1812年，28岁　在福州。

9月22日　游光绎等发起祭李纲墓，与醵钱而未往。

11月28日　挈眷自福州北上。

1813年，29岁

1月　途经南京，在两江总督百龄署中度岁。

6月4日　抵京师，寓莆阳馆。入庶常馆从成格、陈希曾、吴烜习清书。

9月　代张师诚勘定《御制全史诗疏》。

12月　移居粉坊琉璃街。

1814年，30岁

春，在庶常馆习清书。

1月24日　长子林汝舟生。

5月　散馆，授翰林院编修。

8月　充国史馆协修，移寓虎坊之东。自是益究心经世学，"虽居清秘，于六曹事例因革、用人行政之得失，综核无遗"。开始注意探求畿辅水利问题，酝酿写作《北直水利书》。

1815年，31岁

4月　清廷再次严禁鸦片输入，明定赏罚章程。

2月26日　次子秋柏生，3日即殇。

3月　承办《一统志》人物名宦。

4月　充撰文官。

1816年，32岁

英国派特使阿美士德来华，争取扩大英商权益，保障东印度公司权利。因礼仪之争，未获觐见。本年英国鸦片输华突破5 000箱。

3月3日　长女尘谭生。

8月9日　出京赴南昌，充江西乡试副考官。

12月9日　回京复命，改派清秘堂办事，29日到任。

1817年，33岁

司馆。

6月　保送御史，引见记名。

10月6日　次女金鸾生。

1818年，34岁

3月　大考翰詹，列三等29名。

4月、5月间　郑夫人生女（即殇，未取名），次女金鸾亦殇。

夏，移居土地庙上斜街。

1819年，35岁

2月　京察一等。

4月　充会试同考官，分校礼闱第十二房，得士状元陈沆等十三人。

6月29日　奉命出京赴滇，充云南乡试正考官。沿途所作诗，自编为《使滇小草》。

1820年，36岁

2月1日　自云南返抵京师。

3月21日　嘉庆帝引见，补江南道监察御史。

5月8日　奏请敕河南大吏严密查禁料贩囤积居奇，平价收买以济仪封南岸河工之需。

5月10日　京察一等，复带记名。21日，特派充翻译会试闱差。

6月3日　放浙江杭嘉湖道。26日，离京南下。

在京期间，入"宣南诗社"。

8月27日　抵杭州上任。在杭嘉湖道任上，注意农田水利，勘察海塘，兴筑新塘；讯朱丙章，镇压湖州府属农民抗粮斗争。年底，赴严州勘城。

1821年，37岁

本年鸦片输入达7 000箱，白银外流日益严重。在杭嘉湖道任上。

7月　作《启贤录序》。

8月25日　以闻父病，挂印离任回闽。

9月10日，三女普晴生于建州大蒙洲舟次。月底，抵福州。

秋冬间，作《林宗文义塾记》。

1822年，38岁

3月　清廷命广东督抚、海关监督严查出口洋船，杜绝白银偷漏。3月23日，自福州起程入京。

5月29日　抵京。引见发往原省以道员用。

6月19日　出京。

7月23日　至杭州，暂委监试文闱。

10月13日　在闱中得旨放江南淮海道，未即赴任。浙江巡抚帅承瀛兼理盐政，留署浙江盐运使。秋，作《重修于忠肃公祠墓记》。

冬，作《杭嘉湖义塾添设孝廉田记》。

1823年，39岁

2月4日　至清江任淮海道。中旬，升任江苏按察使。

3月　接任江苏按察使。在任期间，处理积案，密访严拿开设鸦片烟馆罪犯；处理灾区善后，倡捐劝济，免关税招徕川、湖米客，平抑米价。亲赴松江处理饥民闹事，得为首者置之法，余皆开释，民颂之为"林青天"。

11月3日　奉命上京述职。

12月10日　到京，道光帝召对两次。15日，出京返苏。

1824年，40岁

1月15日　抵苏接署江苏布政使。途中携淮北麦种，散播江南各乡。到任后，处理灾赈。

9月　卸江苏按察使任，准备前往履勘，专办水利。24日，得母死之讣，回乡丁内艰。

10月1日　三子聪彝生。11日，抵福州。

本年，作《慕中丞疏稿序》。

1825年，41岁

2月　作《闽县义塾记》。

3月　奉旨"夺情"赴清江浦督催河工。

4月12日　自福州起程。

5月18日　到高家堰、山盱工地催工。代署两江总督魏元煜起草漕粮改行海运奏稿。自绘《杏花红雨图》，为梁章钜作《沧浪亭图册序》。

秋，琦善、陶澍奏准调林则徐赴上海督办海运，因"积劳痁作"辞。

10月　回福州。弟霈霖以降服男服阕，入闱领乡荐。

1826年，42岁

在福州丁母忧。（"丁忧"是祖制，具体来说，是朝廷官员的父母亲如若死去，无论此人任何官何职，从得知丧事的那一天起，必须回到祖籍守制27个月。丁忧期间，丁忧的人不准为官，如无特殊原因，国家也不可以强招丁忧的人为官，因特殊原因国家强招丁忧的人为官，叫作"夺情"。——编者注）

6月15日　奉旨以三品卿署两淮盐政，以疾辞，未行。

7月　作《重建瑞山华林寺碑记》。

1827年，43岁

1月18日　四子拱枢生。

2月　作《重修积翠寺记》。

3月16日　自福州起程赴京。

4月19日　途次苏州，为友人潘曾沂题宣南诗社图卷诗。

5月　20日，抵京师。26日，放陕西按察使。

6月1日　出京，26日，抵西安，任陕西按察使，即署布政使。旋得旨擢江宁布政使，遣人回福州接父及眷属赴江宁。

9月16日　从西安赴略阳勘灾，兼勘移建县城事。本月，作《南湖郑祠祭田记》。

10月13日　返西安。20日，作《跋沈毅斋墨迹》。

12月7日　得父亡之讣，从陕南赶往奔丧。本年，手定《己卯以后诗稿》。

1828年，44岁

1月24日　赶到浙江衢州，扶父枢返乡。在籍丁忧期间，倡浚福州西湖，年底兴工。

11月　作《周易象理指掌序》。

不渝的禁烟之志

正当林则徐救民于水火、扶清廷大厦于将倾之际，英国等帝国主义已将侵略的魔爪伸向中国，图谋打开中国的大门，掠夺中国的财富。

最初，英国企图用工业品来占领中国市场。那些商人们带着在西方畅销的棉布、钢琴、钢叉、钢勺，甚至于睡帽等物品来到中国。他们想象着，中国有4亿人口，每人一顶睡帽、一柄钢勺，那将是一个多么可观的市场啊！可他们万万没有想到，他们的那些产

沙角炮台的克虏伯炮

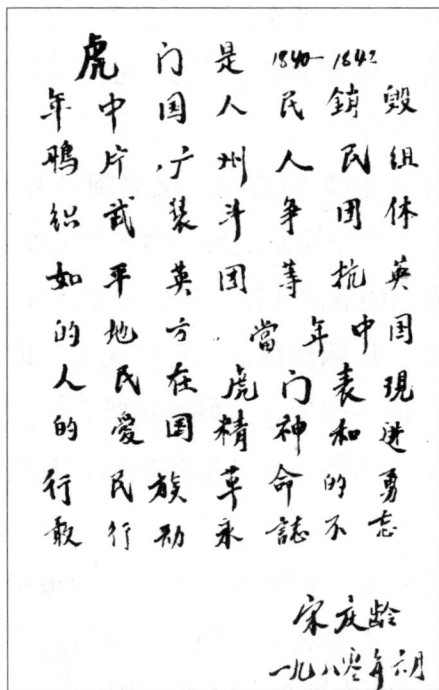

宋庆龄题词 白色宣纸上题。书心尺寸为纵长38厘米，横长23厘米。内容为："虎门是1840—1842年中国人民销毁鸦片，广州人民组织武装斗争团体如平英团等抗英的地方。当年中国人民在虎门表现的爱国精神和进行民族革命的勇敢行动永志不忘。"落款"宋庆龄 一九八零年六月"。现藏鸦片战争博物馆。

品运到中国后根本就无人问津。

中国自古以来，便是男耕女织、自给自足的自然经济，农业与家庭手工业紧密地结合在一起，百姓的吃、穿、用基本上都自己生产制作，过着简单、封闭、贫困的生活，极少到市场上购买什么东西，更不用说英国那些不合中国民情又昂贵的产品了。

另外，清政府当时实行闭关锁国政策，对外限制贸易，只准在广州一地与外国贸易，其他口岸一律关闭。英国每年都要从中国进口大量的茶叶、蚕丝、瓷器等，

誓与禁烟相始终
——民族英雄林则徐

与中国存在较大的贸易逆差，使英国资本家尤其不能忍受。他们一面谋求在中国开通商口岸，一面干起了卑鄙无耻的贩卖鸦片毒品的勾当。

鸦片，是由一种名叫罂粟的植物（又名阿芙蓉，俗称"大烟"）的果实汁液提炼而成的，多产于印度、小亚细亚一带，具有强烈的麻醉作用，可以少量入药。若吸食很容易成瘾，吸上后飘飘欲仙，舒畅无比，麻醉性过后便涕泪交流，痛不欲生，只好继续吸食。长期吸食，使人精神委靡，体弱无力，形容枯槁，骨瘦如柴，成了大烟鬼。

最早，鸦片是作为药物纳税输入中国的。当英国侵略者看到卖鸦片可以一本万利时，便用它做打开中国市场的敲门砖，使得鸦片像洪水一样涌入中国。

从19世纪初期开始，鸦片平均每年进口4 000箱，后来逐渐增加到万余箱；到了1839年，也就是鸦片战争前一年，猛增到每年4万箱。

这些鸦片就像是猛兽，吞食着大清王朝的肌体，给中国带来了毁灭性的灾难。

烟毒的泛滥，使中国的白银大量外流，造成朝廷的财源枯竭，国库空虚。同时，产生了大批的吸毒者，据统计，1835年全国吸食鸦片的人数约在200万以上，其中主要的吸食者是那些贵族官僚、富绅地主、商人、衙门里的差役、军队的士兵及一部分手工业者。

那些官僚地主为了吸毒，变本加厉地从劳动人民那里榨取财富，一些富裕家庭因有吸毒的人都逐渐衰败了，广大劳动人民生活更加穷苦，负担更加沉重。官员们吸毒后成瘾，更是贪赃枉法，巧取豪夺，卖官鬻爵，无恶不作。整个官僚统治机构更加腐败黑暗。那些士兵吸毒后，为了得到银两，偷窃抢掠，横行不法，手无缚鸡之力，毫无战斗力。一时军队里出现一种怪现象：士兵一手拿矛枪，一手拿烟枪，成为"双枪兵"。这些双枪兵们骨瘦如柴，脸色蜡黄，走起路来摇摇晃晃，像个病秧子。这样的军队怎能打仗呢？中华民族面临着一场严重的危机。走私贩毒成为帝国主义侵略中国的有效手段。面对民族危难，林则徐挺身而出，义无反顾地力主禁烟。

林则徐最早接触到鸦片问题是在他的家乡福建。福建位于东南沿海，很早就与西方有贸易往来，所以鸦片在这个地区出现得也较早。林则徐20岁时，在厦门为海防同知房永清当文书时，看到军队中的士兵及衙门中的官吏们吸毒，均委靡不振，如害痨病，他便对鸦片十分厌恶，对那些贩卖的人十分气愤。他很想知道鸦片是从哪里来的。他利用房永清管理外国船只进出口的有利条件了解到，每年一到西南季风时节，

誓与禁烟相始终

沙角炮台的节马雕塑

满载大小烟箱的英国船只便从印度孟买等地纷纷而来，停到零丁洋一带。而中国的一些烟贩子则用商船、渔船到零丁洋一带的英国船上取货，再转运到全国各地。这些以贩毒为生的鸦片贩毒集团人数众多，他们利用贩毒所获的巨利中的一部分贿赂上至朝臣，下至吏胥、兵弁，使得他们贩毒畅行无阻。林则徐对此非常痛心，决心有朝一日自己成为朝臣时一定从严惩处这些人。

林则徐在江苏为官时，便在江苏查禁鸦片的贩卖与吸食。江苏是中部省份，鸦片的贩卖走私不如南方沿海城市严重，但也很猖獗。

林则徐到任后，下令各地口岸官员严格检查往来船只，一旦发现鸦片一律没收销毁，切断鸦片来源。

同时发布告示，对那些敢与洋人、奸商勾结贩毒的，无论何人，立即严办。并且下令禁止民间种植土烟，也不许百姓购买洋烟吸食。严格追查贩卖者，对那些吸食者实行"熬煎法"。

所谓的"熬煎法"，就是怀疑吸食鸦片的人几个或几十个一同关进一间屋子里，进门时严格搜查，就连他们随身携带的糕点等也要打开检查。进屋不许他们往来，也不必开刑拷问，过一两天，吸毒者烟瘾发作，熬不住了，便会打哈欠、流眼泪，十分难过，现出烟鬼的原形，想抵赖也赖不了。这个办法很灵，查出许多吸毒者。

为了帮助吸毒者戒烟，林则徐还向民间收集了十几种戒烟药方，其中忌酸丸和补正丸两种药方比较有

南山炮台围墙

誓与禁烟相始终
——民族英雄林则徐

效，吸毒者服药后，戒除了烟瘾，恢复了健康。

由于林则徐查禁有方，江苏境内贩毒、吸毒的人日益减少，林则徐也从江苏禁烟活动中积累了大量的经验，为后来大规模的禁烟奠定了基础。林则徐在江苏的禁烟，为全国的禁烟树立了榜样，受到朝廷的重视与百姓的赞扬。

1837年，林则徐被任命为湖广总督，到任后，他雷厉风行地在湖北继续实行禁烟。他把在江苏的禁烟经验推广到湖北。他查获了千余杆烟枪，当众刀劈火烧，同时还收缴了大量鸦片，用桐油拌好，用火烧透，然后投入江中。他将各种戒烟的药物配制成药丸，在各家药店中出售。很多人戒掉了烟瘾，身体强壮起来。那些吸毒者的父母及妻子看到儿子或丈夫戒掉了烟瘾，感动得痛哭流涕，他们跪在林则徐出巡的路旁，叩谢"青天大老爷"的恩情。

烟毒的泛滥，给封建统治者敲响了警钟，无论是道光皇帝还是朝廷大臣都十分恐慌与震惊，面对国家白银大量外流，整个民族的身体素质每况愈下，怎么办？朝廷大臣们开始了争论。

朝臣中对鸦片的走私输入有两种主张：

一种是反对禁烟，以首席军机大臣穆彰阿、直隶总督琦善、大掌寺卿许乃济等人为首。他们与那些从贩卖鸦片中获得好处或吸食鸦片的中央和地方官员组成反对禁烟派。他们打着为国家争取更多关税、解决银荒的旗号，主张鸦片可以按药材进口，课以重税。鸦片进口后，不准用白银购买，只准以货物交换。同时鼓励民间种土烟，用土烟抵制洋烟。他们还鼓吹鸦片无

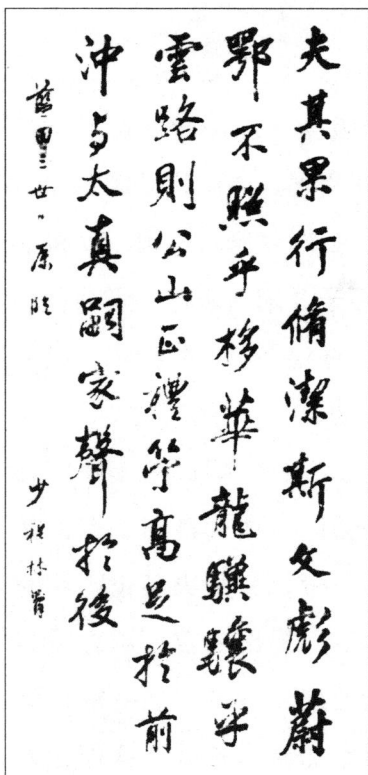

林则徐赠蓝田行书轴

木排铁链　两广总督邓廷桢、广东水师提督关天培为了加强广东中路海口的防务，在虎门海口设置了两道"木排铁链"。

害，认为除官员、士兵不准吸食外，一般百姓不予禁止。这些害国病民的主张如果得逞，中国将变成鸦片的海洋，洋烟、土烟共同泛滥，那时就国将不国、民将不民了。他们代表了外国鸦片贩子及国内贩毒、吸毒者的利益，得到了这些人的支持。谬论一出，外国鸦片贩子便拍手称赞，称之为"聪明的办法"。

另外一种是主张禁烟，以鸿胪寺卿黄滋、湖广总督林则徐等人为代表。他们会同一些有良知、有正义感的朝臣，强烈地呼吁道光皇帝，要坚决禁止鸦片的贩卖和吸食，主张重治吸食者，提出限定一年内戒掉烟瘾，过期不戒者，百姓处死刑，官员罪加一等，除处死本人外，其子孙也不准参加科举考试。这样无人

沙角炮台 依山构筑，傍海设防；炮位露天，巷道隐藏；土炮神威，洋炮益彰；节兵义马，千古传扬；连升父子，万世流芳……沙角炮台不仅是中外游客瞻仰炮台雄风的胜地，也是广大青少年凭吊先烈英魂，进行爱国主义教育的良好场所。

吸食，鸦片就自然根绝，白银就不会外流，病民就会日益减少，国力就会日益增强。

禁烟派与反禁烟派斗争十分尖锐激烈，而道光皇帝却徘徊摇摆于两派之间。林则徐忧心如焚，彻夜不眠，他奋笔疾书给道光皇帝上了一份令朝野震惊的奏折，其中有这样的话：如果任鸦片泛滥下去，数十年之后，中原将没有可以用作御敌的军队，并且国家也没有给军队发饷的银两！

这是一个多么可怕的景象！这慷慨陈词犹如一声

惊雷，震动了道光帝，他决定采纳林则徐的主张，支持禁烟，他下令召林则徐进京，商讨禁烟事宜。

接到皇帝的诏书，林则徐心里既激动又沉重。他为皇帝可能支持禁烟、解救民族危难而感到高兴；同时，他又感到前途未卜，反对禁烟的势力十分强大，一定会从中作梗，阻挠禁烟，身上的担子太重了。第二天清晨，他便起程回京。一路上，晓行夜宿，披星戴月，奔往京城。

1838年12月26日，林则徐到达北京，第二天清晨便觐见皇帝。从此连续八天被皇帝单独召见八次。林则徐根据在江苏、湖北等地的禁烟经验，提出了自己的设想。

他认为不仅要重治吸烟者，同时还必须断绝鸦片来源。断绝鸦片源头，可能会引起外国侵略者的武装干涉，反对禁烟派便会从中挑衅，望皇上允许他做好严防外敌侵扰的准备。

皇帝接受了林则徐的建议，任命他为钦差大臣前往广东，并节制广东水师，办理禁烟事宜。钦差大臣是作为皇帝的代表办理军政大事的，权威很大。

林则徐决心不负皇上重托和百姓的希望。他告别了皇上和师友，毅然南下广州，在祖国的南疆掀起了销烟御敌的浪潮。

林则徐年谱（1829-1838）

1829年，45岁

在家丁忧。

9月，浚福州西湖工成。

11月　兴工修李纲祠于西湖荷亭。

1830年，46岁

3月10日　作《金匮要略浅注叙言》。

5月，服阕抵京。

6月12日　会辛未同年34人于宣南龙树院，作《龙树院雅集记》。

8月17日　放湖北布政使。在京期间，曾与友人张维屏、黄爵滋、龚自珍、魏源、周凯、潘曾莹等相过从，携父绘《饲鹤图》遍索题咏。

10月6日　至武昌接任湖北布政使，办理灾赈、蠲缓、堤防。

1831年，47岁

本年，英国输华鸦片达万余箱。

1月1日　郑夫人及子女自闽抵武昌。本月，调河南布政使，未即赴任。作《曹太傅制义序》。

4月11日　接任河南布政使。作《十一经音训序》。

8月　代苏省采买河南米麦济灾。21日，调江宁布政使，次日起身南下。

9月8日　在扬州接印，沿途查勘灾情。

11月　奉旨总司江北赈抚事宜，赴扬州勘灾。22日，奉旨擢东河河道总督，上疏恳辞。

12月16日　因清廷不准辞免，即由扬州经运河赴山东。

1832年，48岁

1月9日　至山东邹县接任东河河道总督。

2月　查验山东运河地段挑工。

3月　赴河南查验黄河防治工程，初步形成改黄河由山东入海的治河方案。

6月23日　离任。

7月5日　接任江苏巡抚，即令苏松镇总兵关天培等驱逐窜至上海吴淞口外的胡夏米间谍船。7月下旬，赴江宁监临乡试文闱，整饬科举考试弊端。自是和两江总督陶澍共事，"志同道合，相得无间"。常延请魏源商议兴利除弊事宜。

10月2日　赴扬州勘灾，并至清江严讯桃南厅决堤要犯。

1833年，49岁

在江苏巡抚任上。

4月　与陶澍会奏主张严禁鸦片、自铸银币，解决银昂钱贱问题。

11月　以江苏灾荒严重，奏请缓征漕赋，道光帝严旨诘责。

12月　单衔密疏陈江苏钱漕之重，被灾之苦，坚请缓征，"暂纾民力"。清廷不得不允所请。嘱友人、署江苏按察使李彦章汇辑《江南催耕课稻编》。作《筹济编序》、《绘水集序》。

1834年，50岁

本年，英国鸦片输华增至2.1万余箱。在江苏巡抚任上。

2月　作《刘闻石制义序》。

3月　作《江南催耕课稻编叙》，在抚署后园置地，雇老农试种湘、闽各类早稻，以

誓与禁烟相始终
——民族英雄林则徐

便推广。

4月　挑浚白茆河、刘河，亲往查工。

5月　和陶澍、陈銮等验收白茆河、刘河水利工程。两淮盐运使王凤生卒，为其手书墓志铭。

7月　作《昭代丛书序》。

9月至10月　到江宁监临江南秋闱。

12月　赴镇江督催军艘。

本年，长子汝舟娶妻陆氏。

1835年，51岁

在江苏巡抚任上。

2月　查验丹徒、丹阳运河挑浚工程。

5月　赴镇江督催漕船。

6月　以刘河挑浚工程节省银两，接挑各处河道，修元和县南塘宝带桥。7月，赴元和县查勘三江口宝带桥工程，命宝山县筹修海塘。

9月　到江宁监临江南文闱。长子汝舟在福州中举。

12月　赴元和县查验宝带桥。至宝山、华亭查勘海塘。由门生冯桂芳等襄助，编成《北直水利书》（即《畿辅水利议》）。作《制义平秩集序》、《张孟平骈体文序》。本月，奉旨赴江宁接署两江总督兼两淮盐政。

1836年，52岁

1月　抵江宁接署两江总督兼两淮盐政。

2月、3月间　兴办苏、松等处水利工程。继续在淮北推行票盐法。两淮盐运使俞德渊卒，为其手撰墓志铭。

6月　回任江苏巡抚。

7月　赴宝山查勘海塘，并验苏、松、太等处水利河工。

8月　陶澍赴安徽、江西阅兵，第二次接署两江总督兼两淮盐政，旋赴江宁。

10月　移驻清江浦，督防秋汛。

11月　由淮安府至盐城皮大河一带，访察民情政事及兴修水利事宜。

12月　由清江回到江宁。

本年作有《娄水文征序》、《庆芝堂诗序》、《湖滨崇善堂序》、《三吴同官录序》，自绘《饲鹤第二图》，由汤贻汾补景。

誓与禁烟相始终
——民族英雄林则徐

1837年，53岁

英国再次爆发资本主义经济危机。本年鸦片输入骤增至3万箱。

1月　交卸两江督篆，自江宁起程，入京觐见。

2月　道光帝召见，奉旨擢湖广总督。自绘《饲鹤第三图》，由吴荣光补景。

4月　自京抵武昌，接任湖广总督。

5月　验收江夏县长江岸堤石工，阅视督抚标官兵操练。

6月29日　延俞正燮入幕，参订先人日稿，校订《海国纪闻》。

7月　赴汉川、沔阳、天门、潜江、京山、荆门、钟祥、襄阳一带查看河堤，督防大汛。

8月　至荆州督防荆江水患。

9月至10月　赴衡州、永州、宝庆、凤凰厅、永绥厅、辰州、常德等地校阅营伍。

本年，作《楚南同官序》。

虎门销烟扬国威

1839年1月8日，北方时值严冬，冷风狂卷大雪，刮到脸上如同刀割一般。林则徐神情庄重，与送行的人鞠躬作别，从北京出发，奔赴禁烟斗争的第一线——广州。

一路上，他心潮起伏，沉思不语。因为他知道，广州是朝廷允许对外贸易的唯一口岸，是祖国的南大门。几十年来，鸦片绝大部分都是从这个大门进入中国的，可以说是中外鸦片贩子的老巢。这里不仅有外国侵略者的破坏与捣乱，而且还有营私舞弊的官吏和为虎作伥的行商。然而，朝廷重臣琦善的威胁和穆彰阿的倾轧更甚于广东的地方势力，真是困难重重。但是，自己作为钦差大臣，肩负皇命国责，绝对不能后退半步，即使牺牲前途与生命也要在所不惜，彻底清除鸦片流毒。

鸦片在中国流毒了几十年，根深蒂固，积重难返，怎样着手进行查禁呢？林则徐在江苏、湖北禁烟的经验已远远不够了，因为他不仅要重治吸食者，而且要惩治贩卖者，主要是面对外国商贩及广州的奸商，所以必须有足够的准备和措施。

　　在京的时候，林则徐便命属下将各地官员上奏的关于禁烟的意见和主张抄录成册，以备查阅。一路上他听取地方官吏及群众的意见，一有所得马上记录下来。在路过安徽舒城时，听说县里有个叫田薄的人，1835年曾做过广东香山县县令，积极主张禁烟。在任期间，曾缉获过上万斤鸦片。林则徐喜出望外，特约前来会谈，两人一见如故，谈得十分投机。林则徐留他共用晚餐，两人一直谈到深夜。林则徐从田薄那里了解到许多鸦片走私和吸食的重要情况。

　　林则徐考虑到，初到广州，人地生疏，对当地情况一无所知，便派下属马辰先行，了解当地的情况。

　　林则徐销烟池旧址　1839年6月，林则徐会督文武大员在虎门镇口海滩进行了震动中外的虎门销烟。

他越接近于广州，就越更加仔细地考虑即将到来的斗争。途中的访察，对广东烟毒的情况有了初步了解，知道了一些烟贩子的姓名和主要罪状。他决定先发制人，逮捕这些主要的烟贩子。

2月24日，林则徐在途中下令捉拿61名重要烟贩子，砍断外国贩子的内线。为了防止走漏风声，他向地方官发出警告：走漏风声者，一律斩首，决不姑息。

钦差大臣林则徐前来广州查禁鸦片的消息传到广州，就像晴天霹雳，吓得中外鸦片贩子们目瞪口呆，恐慌万分。而两广总督邓廷桢、广东巡抚怡良、广东水师提督关天培及百姓则高兴万分。广东的百姓饱受鸦片的毒害，他们对鸦片早已痛恨入骨，称鸦片为"妖烟"，称囤积鸦片的洋船为"鬼船"，称走私鸦片的洋人为"蕃鬼"。

1838年12月，因为英、美侵略者干涉广东地方官处死中国鸦片走私犯，引起了群众的愤怒。一万多名群众从四面八方包围外国商馆，高呼"消灭洋鬼子"的口号，他们用石头、瓦块砸碎商馆门窗，袭击外国鸦片贩子。吓得外国侵略者抱头鼠窜，只好缩在商馆里，不敢出来。群众的禁烟情绪十分高涨，为林则徐的禁烟奠定了群众基础。

1839年3月10日上午，阳光明媚，晴空万里。广

抗英群雕 面对英国殖民者的武力威胁，林则徐、邓廷桢、关天培以及广大官兵加强战备，增筑靖远炮台，随时准备打击侵略者。

州大字码头上人山人海，沿江两岸到处是翘首以盼的人群。

忽然有人大喊一声："林大人来了！"

只见一艘官船徐徐驶来，慢慢地停泊在码头上。船上从容走下一个人，不高而敦实的身材，穿着合体的官服，宽大饱满的前额，风采照人，黑亮的眼睛小而有神，神情庄重而坚决。

群众跪倒在地，大声地高喊"林大人"。邓廷桢、怡良等大臣疾步向前，参见钦差大臣。

一行人在人群簇拥下，走向钦差大臣的临时驻地

——越华书院。看到如此多的群众欢迎自己，林则徐内心一阵阵发热，对禁烟的疑虑一扫而光，信心倍增，一定要彻底根除鸦片！

林则徐与英国鸦片贩子面对面的斗争开始了。

3月18日早晨，林则徐会同邓廷桢、怡良等在越华书院突然传见十三行商。

十三行商是清朝政府指定的负责对外贸易的官商。这些行商利用贸易之便，暗中帮助外商贩卖鸦片，并勾结官僚，刺探官府消息，从中获得巨利。他们是外国鸦片贩子向中国贩卖鸦片的中介人，是禁烟的重点对象。

这些行商们听到林则徐要传讯他们，顿时感到灾祸临头，个个心惊胆战。以怡和行伍绍荣为首的行商们战战兢兢地来到书院，看见林则徐端坐在大堂上，赶紧低头跪在地上，不敢抬头。

只见林则徐满脸怒容，威严地大声说道："你们这些大胆的奸商，鸦片的流毒遍布天下，都是由你们引起的，你们明知道外国货船运的是鸦片，而你们却百般掩饰，明目张胆地撒谎，为他们担保。为了得到肮脏的银财，你们不惜充当他们的走狗，向他们通报官府的信息，而官府问及他们的情况时，你们吞吞吐吐，不说实情。告诉你们，本大臣此次来广东禁烟，首先

誓与禁烟相始终

——民族英雄林则徐

要惩办的就是与外国商人勾结的汉奸。不过在惩办汉奸之前，要先将外国商人运到中国的鸦片全部没收。麻烦你们去通知那些外国商人将所运来的鸦片如数交到官府，并且写下保证今后永不携带鸦片，否则本大臣定斩不饶！"

这时，怡和行的伍绍荣低着头，小眼睛滴溜溜地转着，他在心里打着算盘，心想，林则徐表面装得像回事，不就是想乘机捞点儿钱吗？

想到这里，他抬起头来，对林则徐说："钦差大人，小民知罪，小民愿用自己的全部家财捐献大人，将功补过，望大人宽恕小民。"

林则徐一眼便看透了他卑鄙的意图，拍案而起，大声喝道："胆大的奸商，你竟敢贿赂本官，本大人不要钱，就想要你的脑袋，听清楚了吗？"

伍绍荣吓得赶紧叩头，嘴里不停地说道："小人该

林则徐书法

死，小人该死！"

林则徐继续说道："本大臣给外国商人三天期限，务必如实上报所有鸦片数量，你们要如实向外面人传达，不得有误，否则将他们中表现最坏的立即正法，抄产入官！你们不要存侥幸心理，告诉你们及那些外国商人，若鸦片一日未绝，本大臣一日不回，誓与此事相始终，断无中止之理！"林则徐慷慨激昂之声在大厅里久久回荡着。

训斥了伍绍荣等行商后，林则徐交给他们一个谕帖，命令他们向外国人传达。伍绍荣接过谕帖，慌忙跑回十三行公所将外国商人召集起来，宣读了林则徐的谕帖。那些外国商人听完林则徐的谕帖后，聚在一起议论。

林则徐画像

有的认为这只不过是新官上任三把火，雷声大、雨点稀，过几天就会没事了；有的则认为，林则徐只不过是想趁机多捞些钱，根据以往的经验，只要送上一笔相当可观的白银，便会大事化小，小事化

了。外国人一贯无视中国法令，所以他们根本就不理缴烟谕帖，只当耳旁风，决不肯把鸦片交出来。

3月21日，缴烟的最后期限已到，外国鸦片贩子一看无法蒙混过关，只好忍痛交出1 037箱鸦片，想敷衍了事。可是他们的这一伎俩无法欺骗林则徐，因为事前林则徐已经过周密的调查。他知道有22艘鸦片船停留在零丁洋上，以每艘存放鸦片1 000箱计，应是两万多箱，只交这么一点点就想完事，是不能容忍的。

3月22日，就是发布谕帖的第四天，林则徐下令逮捕英国大烟贩颠地。颠地长期逗留广州，大批地走私鸦片。接到林则徐缴烟谕帖后，他不仅自己抗缴，还阻挠别人缴烟。林则徐认为，颠地是抗拒禁烟的首恶，必须严惩。当行商把逮捕颠地的命令转交给外商后，外商们立即惊慌起来，他们拒绝交出颠地。

英国驻中国商务监督查理·义律，于3月24日怒气冲冲地从澳门赶到广州，亲自进行策划，企图用武力使林则徐屈服，并准备乘夜带着被通缉的颠地逃跑。

义律破坏缴烟行动激怒了林则徐，他下令将停泊在黄浦港口的外国商船先行封舱，不准装卸货物。同时，他命令撤出广州商馆内的全部中国雇员，并派兵包围商馆，只留一处做出入口。中国的文武官员必须凭专门发的腰牌才准进出。在商馆门口和广场入口处，都有手执武器的中国士兵把守。在商馆前面的河里，船艇排成三道警戒线，船艇上载着中国水师；在邻近商馆的屋顶上，也有士兵看守；设巡逻队日夜巡逻。晚上，士兵提着灯笼，吹号打锣，非常警惕，防止外国人溜走。

275名外商像泄了气的皮球躲在商馆，互相埋怨着。屋内垃圾成堆，做饭、洗衣、烧水、扫地等一切杂活都得自己干。这对于那些平日里衣来伸手、饭来张口的鸦片贩子们真是难以忍受。他们开始支持不住了。

义律没有想到林则徐禁烟会如此认真、强硬、彻底，看来抵赖、抗拒已毫无意义。只好遵照林则徐的命令，于28日宣布愿意缴出鸦片船上的20 283箱鸦片。

缴烟开始后，为了防止鸦片贩子耍花招，林则徐规定：缴出鸦片四分之一，允许雇用中国佣人；缴出一半，可以让舢板等船只往来；缴出四分之三，允许贸易；一直到缴完，才能恢复正常。

义律等鸦片贩子无可奈何，只好乖乖地将所有的鸦片交出。

在收缴鸦片的日子里，码头上下到处欢歌笑语，人们兴高采烈地从船上将一箱箱鸦片搬下，堆积在虎门沙角处。

林则徐塑像

林则徐为了防止鸦片贩子捣鬼及吸食者偷窃，制定了严格的程序。他规定每两艘鸦片船为一组，按先后顺序逐箱检查验收，若是原封未动，则印上"原箱"字样，如果发现鸦片减少，则唯船主是问，勒令其补足。验收后，每箱贴上封条，编上号码，并写明验收人员姓名，然后运往虎门沙角，再由看管人员逐一验收，严加看管。若发生偷窃或其他不法行为，立即捉拿，严惩不贷。林则徐率文武官员每天风里来、雨里去，亲临现场指挥。他心里非常高兴，忘记了疲劳，昼夜工作着，难得闲一会儿。

到了5月18日，鸦片船上的鸦片全部验收收缴完毕，共缴获鸦片21 306箱，真是大快人心啊！

鸦片是收上来了，但怎样才能彻底销毁呢？林则徐又遇到了新的难题。他望着堆积如山的鸦片，沉思着。他在江苏、湖北时收缴过一些鸦片，不过数量远没有现在多，就是在鸦片中拌上桐油，然后烧掉，但仍有一些鸦片渗入土里，烧得不彻底。而现在这么多的鸦片，根本不能用老办法。

他同属下研究商量，到百姓那里访谈，最后，他决定用盐卤加石灰的办法销烟。他派人在虎门镇口村地势略高的海滩上挖了两个长、宽各十五丈的大池子，池底铺上石板，池壁四周栏桩钉板，以防渗漏。池前设有一个涵洞，池后通一道水沟，池四周拦上护栏。一切准备就绪。

6月3日，历史将永远记住这个伟大的日子。

这天，天空晴朗，万里碧空。明媚的阳光，湛蓝的大海，将南国城市——虎门，装点得分外美丽。虎门海滩上彩旗飘扬，人声鼎沸。

百姓们从四面八方赶来，成千上万，熙熙攘攘，兴高采烈，如同过年一般。在临时搭起的礼台上，端坐着一位庄重、威严的官员，他就是主持销烟盛典的钦差大臣林则徐。

围绕礼台四周还站满一排排身材魁梧、装束整齐、手持刀枪的士兵。整个虎门海滩一派欢快、雄壮、威严、肃穆的气氛。

下午2时许，林则徐慢慢地站起来，把手用力一挥，大声命令道："放炮！"

只听岸边礼炮震耳，鼓声如雷，震惊中外的虎门销烟开始了！它向世界宣布：中华民族是不甘屈辱的！它揭开了近代中国人民反抗帝国主义侵略斗争的序幕。

炮声一响，站在销烟池旁边的士兵和工役们立即行动。有的引海水入池，有的往池中撒盐，挑夫们将一箱箱鸦片担到池边，打开烟箱后逐一切成四瓣，抛入池中浸泡。再将整块烧透的石灰抛入池中。

顷刻之间，盐卤、石灰、鸦片混合沸腾。工役们站在跳板上用铁锄、木耙等不断地搅拌，池中涌起一缕缕白烟，直上云天。鸦片在池中化为废渣。

等退潮时，启开涵洞，将渣末冲入大海。成千上万的围观群众里，不时迸发出一阵又一阵震天撼地的

靖远后墙界址碑

欢呼声。

到6月25日，所有被收缴的鸦片全部被销毁。

在这23天里，林则徐每天都亲临现场，一丝不苟，直到最后。群众看到林大人的所作所为，深深被他的爱国行动所感染，他们都积极地投入禁烟御敌的斗争洪流中。

虎门销烟是林则徐到广东开展禁烟运动取得的巨大胜利，它沉重地打击了外国鸦片贩子的罪恶活动，为中华民族树立起抗击外国侵略者的鲜明旗帜，成为中国人民反帝斗争的伟大起点。林则徐为中华民族立下了殊勋，将永载史册。

虎门之战场景陈列大楼 1841年2月26日，英军进攻虎门第二道防线诸炮台，关天培率军奋起抵抗。

林则徐年谱（1838—1841）

1838年，54岁

1月13日　长女尘谭与刘齐衔结婚。

2月　整顿盐务，严厉取缔私盐。

6月　奏陈禁烟方策六条，坚决支持黄爵滋严禁主张。

8月　湖广禁烟初告成效，亲督焚毁汉阳、江夏缴获的烟枪。至汉川、沔阳、天门、潜江、荆门、京山、钟祥，督防大汛，查看堤工。

10月　月初，上奏剖陈银贵钱贱和鸦片流毒日广的原因，全面驳斥反对禁烟谬论，重申严禁主张。27日，在武昌校场亲督焚毁烟枪、鸦片。

11月　奉旨入京觐见。

12月　进京途中，在直隶安肃县城与琦善相遇，琦善以"无启边衅"相威胁，不为所动。26日抵京，次日起，道光帝接连召见八次，商讨禁烟方略。31日，受命为钦差大臣，节制广东水师，赴广东查办海口事件。

本年，作《四书题解序》。

1839年，55岁

6月15日　清廷颁布《钦定严禁鸦片烟条例》39条。

7月7日　英船水手在尖沙嘴村纵酒闹事，殴死村民林维禧。

8月31日　英驻华海军司令官士密率舰"窝拉疑"号抵澳门。

9月4日　义律、士密挑起九龙海战。

10月1日　英国内阁会议决定发动侵华战争。

12月　道光帝下令断绝英国贸易，并出示列其罪状，宣布各国。

1月8日　离京南下。沿途探访广东鸦片流毒情形，征询禁烟意见，密令逮捕重要烟犯。

3月10日　抵广州。18日，召集十三行商人宣布谕帖，命各国烟贩限期呈缴鸦片。招致袁德辉等入幕，翻译英文《广州周报》等，了解外情动态。

誓与禁烟相始终
——民族英雄林则徐

4月　出赴虎门，查验收缴趸船烟箱。

5月　延梁进德为译员。

6月3日至23日　亲自在虎门海滩监督销毁没收的全部外国鸦片。

7月　先后在广州靖海门外、东炮台前煮化省内收缴的鸦片。借"观风试"，向诸生了解广东官兵包庇鸦片走私等情状；亲自审讯贪贿舞弊、放私入口的水师官弁梁恩升等人。责令义律交出林维禧案凶犯，饬袁德辉和美国传教士伯驾翻译瑞士人滑达尔著《各国律例》部分段落，了解国际法。

8月　以义律抗不交凶，下令断绝英船和在澳门英商的食物接济，撤其买办工人。23日，下令驱逐澳门英商。

9月3日　抵澳门巡视，争取澳门葡萄牙当局保持"中立"。从9月6日起，驻扎虎门镇口，布置对英交涉和战备事宜。14日，派余保纯等赴澳门和义律谈判。

11月　指挥兵勇坚垒固军，以守为战，接连挫败英国侵略者在穿鼻、官涌的武装挑衅。

从澳门等处密购葡萄牙和英国制造的新式铜、铁大炮，配置虎门各炮台。组织翻译英人慕瑞著《世界地理大全》（译后辑为《四洲志》）、德庇时的《中国人》、地尔洼的《在中国做鸦片贸易罪过论》（译文今佚）。26日，奉旨出示，宣布从12月6日起停止英国贸易。

12月16日　在广州天后宫接见英船"杉达"号遇难人员。拒绝义律在不交凶、具结的情况下求通贸易的要求。

本年，作《海国纪闻序》（佚）。郑夫人在福州为三子聪彝娶妻叶氏，普晴与沈葆桢结婚，小女许字郑月亭。弟霈霖在福州病逝。

1840年，56岁

1月5日　道光帝放邓廷桢为两江总督（后改调闽浙总督），林则徐为两广总督。8日，士密宣布英舰自15日起封锁广州海口。

2月20日　英国政府任命乔治·懿律和义律为侵华的正副全权公使。

6月下旬　英国侵华远征军开抵澳门海口。28日，封锁珠江口，鸦片战争正式爆发。30日，英军主力北上，进犯闽、浙沿海。

7月3日　英舰"布朗底"号犯福建厦门，被守军击退。6日，英军攻陷浙江定海。

8月中旬　英军抵天津大沽口外，琦善派员接受英国公文。19日，在粤英军偷袭关闸炮台。30日，琦善奉旨与义律谈判于大沽口南岸，答应惩治林、邓等，换取英军撤兵南返。

9月15日　英舰起碇南下。17日，道光帝派琦善为钦差大臣，赴广东查办。28日，下旨将林则徐、邓廷桢交部议处。

11月20日　懿律率英军返抵澳门海面。29日，懿律因病卸任，义律继任英国全权公使。

12月4日　琦善接任两广总督，撤除海防工事，解除壮勇，向义律议和。

1月5日，奉旨宣布正式封港，断绝英国贸易。

2月3日　接任两广总督。20日，下令停止澳门贸易（3月初恢复）。春、夏，招募水勇，督造战船，购置外国船只，组织兵勇操练，增建炮台。6月8日，水师兵勇火攻英船于磨刀外洋。

8月17日　离广州赴狮子洋检阅水师兵勇联合演习。颁发《剿夷兵勇约法七章》，组织水师出洋剿办英军。31日，出洋水师败英舰于矾石洋。

9月24日　上奏自请处分并陈述制炮造船主张，要求赴浙江收复定海。

10月20日　交卸督篆。25日，奉旨留广州以备查问原委，移住高第街连阳盐务公所。

11月　向怡良献策，维持广东抗敌局面。

12月　向琦善建议铸炮造船等事，琦善不准。

1841年，57岁

1月　义律逼琦善给地寄寓，7日出兵攻陷大角、沙角炮台。11日，琦善答应"给口外外洋寄居一所"。20日，义律单方面宣布与琦善"签订了初步协定"。26日，英军强占香港。27日、28日，琦善与义律在狮子洋莲花冈会谈。30日，道光帝派奕山为靖逆将军，调动内地兵力赴粤剿办英军。

2月10日　琦善与义律在镇远山后之蛇头湾会谈，未能对给香港一岛问题达成协议。26日，英军攻陷横档、虎门诸炮台，溯珠江而上，进逼广州。

3月5日　参赞大臣杨芳至广州。13日，琦善被锁拿进京查办。20日，杨芳与义律议定休战协定。

4月14日　靖逆将军奕山、参赞大臣隆文、新任两广总督祁𡎴抵达广州。30日，英国政府改派亨利·璞鼎查为侵华全权公使，扩大侵华战争。

5月21日　奕山发动广州战役，失败；27日签订《广州和约》。30日至31日，广州三元里附近乡民痛歼英国侵略军。

6月28日　道光帝将林则徐从重发往伊犁"效力赎罪"。

8月2日　黄河在河南开封附近祥符决口，造成严重水患。19日，道光帝命林则徐折往东河"效力赎罪"。26日，英军攻陷厦门。

10月　月初，英军攻陷定海、镇海。13日，宁波失陷。18日，道光帝命奕经为扬威将军，率军赴浙剿办英军。

12月　英军攻陷余姚。

1月　奉旨"协办夷务"。

2月　劝说怡良揭露琦善罪行。

3月　捐资招募壮勇，保卫广州。

4月31日　上书奕山，提出防御粤省方策六条，未被采纳。

5月3日　奉旨离开广州，赴浙省听候谕旨。

6月10日　抵达浙江镇海军营。7月14日，离开镇海军营，踏上遣戍伊犁途程。

8月　途经京口，将《四洲志》等资料交付魏源，嘱其编撰《海国图志》。

9月2日　在扬州仪征奉旨赴祥符河工工地"效力赎罪"。30日，抵祥符工地。秋至冬，在祥符工地，积极襄助王鼎办理堵口工程。

穷追不舍肃烟毒

虎门销烟，是林则徐禁烟的第一步。之后，他要求外国商人写下保证书，叫作"具结"。保证今后来中国进行贸易时永远不再夹带鸦片。因为只有这样才能彻底杜绝鸦片进入中国，这才是禁烟的真正目的。

早在禁烟开始时，林则徐给外国商人告谕中，就提出了具结问题。当时命令外国商人和鸦片贩子写出保证书，声明今后如果再运鸦片来中国，一经查出，货物没收，人即处死。虎门销烟后，林则徐便向外国商人发出具结式样，要求他们按式样填写，保证今后不再走私夹带鸦片，并签字画押。义律坚决反对具结，因为今后不再走私鸦片，对英国政府及鸦片贩子来说，将失去一条发财之路。

当义律接到具结式样后，看也不看一眼，便撕个粉碎，气急败坏地说："哼，要命现成的，拿具结来阻止我的鸦片贸易，没门儿！"

义律不仅自己不具结，而且千方百计阻挠英国商人具结。林则徐驱逐16名英国烟贩子出境，义律立即以全体英商撤离广州相对抗，林则徐宣布在具结前提下恢复贸易，义律便宣布禁止一切英国商船进入虎门港内。义律还不知羞耻地向林则徐提出准许英商在澳门装货的无理要求，企图逃避关税和中国法律的约束，把鸦片走私活动从广州转移到澳门。林则徐断然拒绝。

外国商人也不是铁板一块，他们唯利是图，当他们看到不具结就不能与中国贸易，损失巨大利益时，便开始动摇了。

林则徐对他们进行分化瓦解的政策，提出只要遵守中国政府的法律，不搞鸦片贩运，进行正常贸易的，就欢迎；反之，凡是违背中国法令，公开或秘密走私

誓与禁烟相始终
——民族英雄林则徐

鸦片的，就驱逐出境。美国等一些外国商人看到林则徐如此坚决地禁烟，自己不能再听义律的指挥，蒙受巨大损失，便纷纷向林则徐具结，获得了上岸贸易的权利。这样就孤立了义律，粉碎了他的阴谋。

英国商人看到美国等国商人到中国贸易，获得巨额利润，十分眼红，开始对义律阻挠他们具结表示不满。看到货船中的洋米、洋布、棉花等货物就要发霉，他们非常着急，纷纷要求具结，义律便用武力恫吓这些商人，不让他们具结。

正当林则徐对具结问题穷追不舍时，7月7日又发生了英国水手在尖沙嘴凶杀中国居民林维禧的事件。

事情是这样的：7月7日，一群英船水手窜到尖沙嘴村酗酒作乐，无事生非，借酒醉殴打中国居民，村民林维禧被英国暴徒用木棍击中顶心及左乳下胸部，第二天死亡。事后，义律为了掩盖罪证，以1900元"抚恤"死者家属，另付给其他被殴打受伤的村民100元，想以此掩人耳目，草草了结。林则徐知道后，非常愤慨，认为外国人竟在中国的土地上行凶杀人，践踏中国主权，简直是无法无天，必须严加追惩，捕获凶手，按照中国的法律审判治罪。为了维护中华民族的尊严，保障人民生命的安全，林则徐理直气壮地谕令义律，交出凶犯。义律竟拒收谕令，置之不理，反而于8月12日，在一艘英船上对五名凶犯私自进行所谓"审讯"，判处三人监禁6个月，各罚金20镑；两人监禁3个月，各罚金15镑，指定监禁在英国监狱里。

义律的所作所为激起了林则徐极大的愤怒，他对义律破坏中英正常贸易、拒不具结及拒不交出凶犯是绝不能容忍的，他下令澳门人民断绝对英商的食物供应，撤走为英商服务的中国雇员，断绝对英商的柴米食物以及淡水的供应，并号召沿海居民行动起来，如果敌人胆敢上岸劫掠，人人可以持枪抵抗。

为防止英国人上岸偷取淡水，在沿海地区的一些井内投放毒药，井边插着不准饮用井水的牌子。在林则徐和广大沿海群众的抵制下，义律率领英商船只好漂泊在海上，如丧家之犬，完全陷入窘境。

侵略者绝不甘心他们的失败，义律等一面拒绝向林则徐具结，一面进行武装挑衅，妄图用武力吓倒林则徐。面对敌人的武力威胁，林则徐毫不畏惧地说："我们不怕战争！"

林则徐估计到在销烟的同时，敌人会发动战争的，便开始着手做迎战的准备，他首先对珠江的形势作认真仔细的调查，认为虎门是船只从海口到广州的咽喉，位置非常重要。

当时镇守此地的水师提督关天培在这里设了三道

防线，林则徐与关天培一起，亲自乘船到珠江口视察战备情况，亲自观看水兵排练，并下令水兵试放大炮，对战备的每一项都认真地查询，认为虎门战备的设置，足可以抗击外国侵略者。

装备设置固然重要，但更重要的是人。林则徐来到虎门后，便对广东水师进行整顿，首先，他清除水师中受贿纵私、贩毒、吸毒分子，使队伍保持纯洁，堵住鸦片走私的大口子。其次，严惩那些玩忽职守的水师将领，如南澳镇总兵因巡防不利，降职为游击。裁减一些老弱兵勇，增添精壮新兵，使队伍有旺盛的战斗力。同时，林则徐还在广东、福建各地招募一批船只，又从美国购买一艘商船，将它改造成兵船配备外国新式大炮34门，大大地增强了水师的战斗力。

广东漫长的海岸线，水师的兵力远远不足，而外国侵略者却有随时侵犯沿海各地的可能，怎么办呢？

林则徐思前想后，他想到自己初到广州时受到群众欢迎的场面，在销烟中得到群众的热烈支持，想到广大人民群众对鸦片的痛恨和对外国侵略者的愤怒，他相信"民心可用"。便决定在群众中招募水勇，将他们组织起来，加强训练，足可以补充水师之不足。遂在府邸外张贴招募告示。

招募开始那天，广州商馆前面的广场上人山人海，人们将广场围得水泄不通。林则徐和其他地方官都来参加。林则徐坐在临时搭起的棚房中的大红木椅上，主持招募仪式。应募一开始，只见青壮年小伙子个个兴高采烈，排队入场，秩序井然。他们按顺序，将一百斤重的石担慢慢举起，伸直两臂，然后放下。合格的人被录取，高高兴兴地在红纸上写下自己的名字，然后领到一张凭证。水勇组成后，立即进行军事训练，很快他们便成为勇猛善战的杀敌能手。

这时，由于中国水师的严密查禁，停泊在海上的英国船只食物和淡水奇缺，处境十分狼狈，而装满货物的商船又不能进港贸易。义律大为恼火，决意进行武装冒险。

9月4日，义律等率领"路易莎"号和其他几只武

　　海战博物馆　地处虎门镇大人山下，背山面海。这里是当年林则徐销毁鸦片的地方，现有林则徐销烟池旧址。馆区内设有抗英群雕像、林则徐雕像、虎门销化鸦片纪念碑和反映林则徐虎门销烟的基本陈列。馆区环境优美，是进行爱国主义教育的重要基地。

装快艇于下午两点突然向九龙山炮台附近海面的水师开炮，无耻地进行武装挑衅，经过严格训练的广东水师奋起还击，一发发炮弹向侵略者射去。经过数小时的战斗，英船被打退，逃回尖沙嘴。

　　这一仗，敌人至少被打死17名，被打伤的人更多。一名英船船主的手腕被打断，义律的帽带也被击掉。中国水师取得了反击侵略者武装进攻的首战胜利。

　　然而，敌人是不会甘心失败的，必然会再次借机

反扑。林则徐在大家欢庆胜利的时候，同邓廷桢、关天培一起去沙头角巡视，亲自查点最近调来的兵勇和船只，做好再次反击侵略者的准备。

11月3日，穿鼻洋面上炮声隆隆，一场海上恶战开始了。这天中

陈连升

在近代中国抗击外国侵略者的战争中，陈连升是第一位为国捐躯的少数民族将领。清嘉庆初，投入清军，从征四川、湖北、陕西白莲教及湖南瑶民起义，逐次被提拔为把总、千总、参将、副将等职。道光十九年（1839年）1月，陈连升随钦差大臣林则徐到广州禁烟。7月，他率守军击沉一艘前来挑衅的英军双桅飞船后，被提升为三江协副将，调守虎门沙角炮台。他进驻沙角后，积极修筑工事，加强练兵，添置大炮，增设地雷，加强巡逻，严阵以待。道光二十年（1840年）8月，英舰入侵磨刀洋。陈连升受命率五艘战舰，三千水兵，与英军进行了激烈的海战，击退了英军的进攻。次年1月15日，英军大举进攻沙角炮台。面对腹背受敌、敌强我弱的不利战局，陈连升毫不畏惧，毅然指挥六百官兵英勇抗敌，用地雷、火炮歼敌数百人。在火药消耗殆尽，又无外援的情况下，他先率官兵用弓箭射杀，然后抽出腰刀冲入敌阵，进行殊死搏战，不幸中弹牺牲。广州人民为了纪念陈连升，为其建立了"昭烈祠"，并在沙角炮台收敛遗体，建立义坟。

誓与禁烟相始终
——民族英雄林则徐

午，遵照式样具结进口的"皇家撒克逊"号在中国水师保护下，正向黄埔驶去。

当它行到穿鼻洋面时，在这里等待已久的英船"窝拉疑"号和"海阿新"号竟然横加干涉，迫使"皇家撒克逊"号中途折回。就在这时，"窝拉疑"号突然向中国水师开炮。

水师提督关天培和广大官兵非常愤怒，迅速组织反击。只见关天培站在桅杆前，手里拿着腰刀，镇定自若地指挥着战斗。

他大声地喊着："敢后退者立斩！"

接着，他拿出银锭放在桌案上，说："有击中敌船一炮者，立即赏银两锭。"

在关天培的勇敢督战下，水师官兵精神倍增，一声巨响，"窝拉疑"号被炮弹击中，帆斜旗落，又有几名水手掉到海里，甲板上的敌人乱成一团，敌舰见状不妙，只好仓皇逃窜。

经过两个多小时的激战，中国水师大获全胜，沉重地打击了英军的嚣张气焰。

穿鼻海战的第二天，英国侵略者又向官涌山驻军发动进攻，从11月4日到13日，英国侵略者在10天之内，向官涌山发动了六次进攻，都被顽强的广东水师击败。从此，英国舰队害怕与广东水师交手，不得不到外洋寄泊。

义律他们逃到外洋后，为了获得食物和淡水，便引诱沿海不法分子贩运鸦片、购买食物等。这些见利忘义、不顾民族利益的无耻之徒做起了英国人的内奸。他们用私人船艇给英国侵略者运去食物、蔬菜、淡水等，换回鸦片。这样，英国侵略者不仅获得了日常补给，也给鸦片找到了销路，义律又趾高气扬起来。

林则徐见此情形，气愤非常。但英军船坚炮利，又在外洋，而中国水师规模小，设备陈旧，不适于外洋作战，怎么办呢？

他和关天培等将领反复合计，终于想出一个好办法——火攻。所谓的火攻就是纵火烧船。他派水师和水勇驾着装满柴草、油料、火药的船只于深夜悄悄靠近敌舰，用长钉牢牢钉住，然后举火焚烧，风助火威，顷刻之间，便会把敌舰和汉奸的船舰烧个片甲不留。

1840年2月29日深夜，埋伏在上濠、下濠、屯门和长沙湾等处的火攻船一齐向敌舰迅速驶去。

这时，大风呼啸，火攻船对准目标抛掷喷筒、火罐及其他燃烧物。一时间，火光照得黑夜如同白昼，烈火熊熊，浓烟滚滚，敌舰全部着火。敌人被烧得鬼哭狼嚎，四处逃窜，纷纷落入大海。这一次共烧毁敌舰23只、附近海面敌人的篷寮6座，捕获汉奸10名。

敌人非常怕火攻，林则徐就运用这种战术，到6月共5次火攻敌舰，使英军断粮断水，损失颇大，整日里心惊胆战。同时也狠狠地打击了汉奸，使他们不能接济英军。

1840年6月，震惊中外的鸦片战争爆发了。这是帝国主义公然保护毒品贩卖的侵略战争。由于清政府的腐败无能，中国从此走向半殖民地半封建社会的深渊。

1840年2月，英国政府为了保护鸦片毒品贸易，达到他们将中国殖民化的目的，正式任命原印度总督懿律为侵华英军总司令、全权代表；义律为副全权代表，组成东方远征军，开往中国。

1840年6月21日，这支有军舰16艘、武装汽艇4艘、运兵船1艘、运输船27艘、火炮540门、侵略

"虎门海战"半景画 以写实的绘画与逼真的地面塑形，运用特技灯光和音响效果等现代科技手段，再现1841年2月26日虎门海战的战争场面。这是半景画的局部。

军4 000人的远征军浩浩荡荡地开到澳门海面。28日，用炮艇封锁了珠江口，正式向中国开战。

战争的乌云笼罩着广东海面，大有"黑云压城城欲摧"之势，一场深重的灾难就要降临到中国人民的身上。

林则徐沉稳坐镇虎门，仔细周密地布置兵力，加强战备，时刻准备回击侵略者。他看到广东沿海人民情绪激昂，便对广大群众进行动员，将群众发动起来，拿起武器，保卫家园。

他说："只要英军进入内河，允许人人持刀痛杀！彻底消灭，一个不留。杀死一名英军者，官府发赏银五十到一百元。"使广东变成了人民战争的汪洋大海。

英国侵略者看到虎门戒备森严，广东军民已充分做好了准备，觉得无机可乘，便北上，在浙江定海敲开了中国的大门，占领了定海，并以此为根据地，肆无忌惮地敲榨清朝政府。

英军在占领定海后，一路北上封锁天津，使道光皇帝十分恐慌。这时，以穆彰阿、琦善为首的反禁烟派乘机抬头。在皇帝面前诋毁林则徐，认为这场战争是林则徐禁烟引起的，他们从反对禁烟，转向卖国求荣，力主惩办林则徐。他们认为英国船坚炮利，中国根本无法招架，只有安抚，也就是妥协投降。

道光皇帝昏庸无识，本来就对禁烟摇摆不定，此时此刻，对林则徐产生了不满和厌恶情绪，决定惩办这位杰出的爱国主义者。改派琦善为钦差大臣到广州办理善后事宜。

琦善一到广州，就破坏了海防，与侵略者签订了丧权辱国的《穿鼻草约》，割让香港，赔偿烟价。从此清朝政府一味妥协投降，与英国又签订了历史上有名的《南京条约》，中国走向了半殖民地半封建社会的深渊。

为讨好侵略者，9月到10月间，道光皇帝以"误国病民"、"办理不善"等罪名，将林则徐撤职，交由刑部严加查办。从此，林则徐领导的轰轰烈烈的反帝爱国主义运动被扼杀了。

林则徐被处发配新疆，他心中充满了悲愤，壮志未酬，报国无门。他怀着忧伤的心情，告别了亲友，踏上了流放伊犁的路途。

在流放途中，他仍然利用一切机会为国为民尽力。途经河南时，在开封治理了水患，为河南人民做了件大好事。

到达西安后，林则徐因患重病，就地医治，耽误了两个多月的行程。他决定辞别夫人，与儿子一起穿越茫茫戈壁。临行前他挥笔写下以下诗句：

出门一笑莫心哀，浩荡襟怀到处开。

「虎门故事」展览农家院落场景

时事难从无过立，达官非自有生来。

风涛回首空三岛，尘壤从头数九垓。

休信儿童轻薄语，嗤他赵老送灯台。

力微任重久神疲，再竭衰庸定不支。

苟利国家生死以，岂因祸福避趋之。

谪居正是君恩厚，养拙刚于戍卒宜。

戏与山妻谈故事，试吟断送老头皮。

这首诗抒发了这位伟大爱国者的博大胸怀，禁烟抗英，利国利民，被屈辱放逐，意志未摧，个人荣辱不足挂齿，到新疆一样报效国家。

经过一年多的艰苦颠簸，终于到达了目的地——新疆。此时的林则徐已是重病在身，瘦弱不堪。但他不愿意卧床休息，决心在有生之年振奋精神，在祖国的大西北有所建树，为民尽力。

他看到新疆到处是未垦荒地，百姓生活艰难，衣食无着，决心在这片荒滩上开垦良田，使边疆人民过上富裕生活。他亲自率新疆人民开荒种田，挖渠灌溉，先后开垦了阿齐乌苏、阿勒卜斯及南疆地区近九十万亩荒地，并在干旱地区建立起众多的"坎儿井"，解决了当地的水源问题，当地人称这种井为"林公井"。

三年多的流放生活结束后，他先后被任命为陕西

巡抚、云贵总督等职。晚年，他仍然关心国家和民族的利益，他告诫人们在警惕和抗御海上强敌的同时，还应该注意陆地上的敌人——沙皇俄国。他大声疾呼，沙皇俄国将成为中国的大患，在我国历史上第一次敲响了俄患的警钟。

1850年6月22日，鸦片战争10周年，66岁的林则徐在去广西赴任的途中溘然长逝。

林则徐，为官四十载，努力地探索着救国济民的道路，他也是中国近代历史上第一位睁眼看世界的人，积极主张学西方先进之处。同时，他也是在国难当头之时禁烟御辱、抗击帝国主义殖民侵略的第一人。作为民族的英雄，国家不会忘记，人民不会忘记，历史不会忘记，天安门广场人民英雄纪念碑上，镌刻着林则徐虎门销烟的业绩，虎门公园里，耸立着林则徐抗侮御敌的丰碑。

誓与禁烟相始终
——民族英雄林则徐

林则徐年谱（1842–1849）

1842年，58岁

3月10日　奕经命清军分三路克复定海、镇海、宁波三城，遭惨败。

5月　英军攻陷乍浦。

6月16日　英军陷吴淞炮台，上海失守。

7月21日　英军攻陷镇江。

8月　英军直逼江宁城下。清廷派伊里布、耆英赶至江宁求和。29日，耆英与璞鼎查签订中英江宁议定条约十三款。

1月　上书两江总督牛鉴，建议铸炮造船，训练水军，未被采纳。

3月下旬　祥符河复，奉旨仍遣戍伊犁。途经洛阳小住，作有《同游龙门香山寺记》。

5月中旬　抵西安。

8月11日　离西安赴戍。

9月3日　抵兰州。

10月11日　出嘉峪关。

11月15日　抵乌鲁木齐。

12月10日　抵达戍所伊犁惠远城。赴戍途中，写作大量诗篇，抒发爱国忧时情怀。

1843年，59岁

1月　魏源编成《海国图志》50卷，2月刊行。

6月　耆英和璞鼎查在香港互换"江宁条约"。

7月　订立《中英五口通商章程》。

8月　道光帝下令释放邓廷桢入关。

10月　耆英与璞鼎查在虎门签订《五口通商附粘善后条款》。在伊犁戍所。不适应边塞水土气候，感冒、鼻衄、脾泄诸疾叠发。注意了解国家大事，研究西陲边防、屯田、水利，据京报资料，录有札记，后辑为《衙斋杂录》；录关内友人来札言京师时事部分为《软尘私札》。

11月　为布彦泰草拟奏稿，坚请保留伊犁镇总兵建制。

秋、冬间，协助布彦泰办理阿齐乌苏废地垦务。

1844年，60岁

在伊犁戍所。协助布彦泰办理阿齐乌苏废地垦务，捐资认修龙口水渠工程，于6月兴工。

1845年，61岁

1月5日　奉命赴南疆履勘新垦地亩。24日，自伊犁起程。

3月27日　和全庆勘库车托依伯尔底垦地。

4月7日　勘乌什垦地。14日，勘阿克苏朗哈里克垦地。

5月8日至10日　勘和阗达瓦克、鸡克坦、爱海里、苏尔坦、叶里雅克、阿堤什垦地。23日、24日，勘叶尔羌和尔军垦地。

6月2日、3日　勘喀什噶尔巴依托海、阿奇克雅黑垦地。

7月12日　勘库尔勒北山根垦地。

10月8日　勘喀喇沙尔环城东南一带垦地。计历勘南疆七城垦地57.8万余亩。

8月1日　自南疆返抵吐鲁番，17日到哈密。

9月　奉命添勘吐鲁番伊拉里克垦地，23日折回吐鲁番。

10月6日　勘伊拉里克垦地11.1万亩及其续修水利工程。

11月2日　自吐鲁番起程，奉命往勘哈密塔尔纳沁垦地七千余亩。

12月4日　在哈密奉旨释放，以四、五品京堂回京候补。9日，从哈密起程入关。20日，在玉门县接旨，以三品顶带署陕甘总督。

1846年，62岁

1月7日　在凉州接印，署陕甘总督。驻扎凉州，办理"番务"。委旧属黄冕仿照洋式，制造炸弹和陆路炮车。

3月2日　自凉州至西宁，查办黑错寺杀害土千户杨国成事件。4月下旬，返兰州就医。5月，奉旨任陕西巡抚，暂留甘肃会办"番务"。

7月　清军捣平黑错寺。

8月15日　离兰州，30日，在西安接任陕西巡抚。

1847年，63岁

5月14日　奉旨调任云贵总督。25日，携郑夫人和小女自西安起程，由四川赴滇。

7月31日　在昆明就任云贵总督。

9月，赴滇东、滇南校阅十三镇协营，整顿营伍。

1848年，64岁

6月　移驻楚雄，处理姚州汉回互斗案。

7月　返回昆明。以办理云南"回务"有

功，得旨加太子太保，并赏花翎。

本年，饬令地方官府镇压了云州、缅宁、顺宁、永平等地各族人民起义或反抗斗争。

1849年，65岁

在云贵总督任上。

春，整顿云南矿厂，主张"招集商民，听其朋资伙办"，开采银矿。整顿铜政，维护"放本收铜"政策。

6月　云南腾越厅卡外少数民族起义，饬令迤西官兵镇压。

7月3日　因病请假治疗。

8月5日　以病情加剧，奏请开缺回乡调治。

9月10日　道光帝下旨准予病免。

1850年，66岁

1月12日　卸任。下旬，扶病东归，经贵州镇远，放舟入湘南。

2月25日　道光帝死。

6月　咸丰帝下诏求贤，潘世恩、孙瑞珍、杜受田先后上疏荐林则徐，穆彰阿阻挠。12日，咸丰帝下旨宣召林则徐来京。

9月　广西天地会起义军攻下龙州厅城，逼近桂林，清廷命徐广缙、张必禄赴桂林镇压。

10月17日　咸丰帝下旨命林则徐为钦差大臣，驰驿前赴广西。

12月15日　咸丰帝下诏晋赠林则徐太子太傅，照总督例赐恤，任内一切处分，悉予开复。

1月5日　招左宗棠至长沙湘江舟中夜谈。11日，舟行至萍乡登陆。下旬，至南昌，暂寓百花洲养病。

4月14日　返抵福州，寓文藻山宅所。

6月至10月　联合福州士民，反对英人入城。整理旧稿，辑《云左山房诗钞》等，作《消暑随笔跋》、《重修福清文庙碑记》，嘱刘存仁校勘《西北水利》（即《畿辅水利议》）。咸丰帝宣召来京，以疾辞。

11月5日　奉旨为钦差大臣，带病从福州起程，前往广西镇压天地会起义。

11月16日　至广东潮州，病情恶化，吐泻不止。

11月22日　死于普宁县行馆。

12月　归葬福州北郊金狮山南麓林氏墓地。

中华魂·百部爱国故事丛书
提　要

《誓与禁烟相始终——民族英雄林则徐》

　　林则徐严禁鸦片，坚决抵抗西方列强的侵略，坚持维护国家主权和民族利益。他是中国近代历史上第一位睁眼看世界的人，是抗击帝国主义殖民侵略的第一人，是中华民族抵御外侮过程中伟大的民族英雄。

《血洒虎门御敌寇——抗英将军关天培》

　　民族英雄关天培，在第一次鸦片战争中为了抗击英国侵略者的入侵而血洒虎门，为国捐躯，谱写了一曲可歌可泣的英雄赞歌。关天培用他的生命，书写了中国人民反抗外侮的历史。

《威震镇海靖节魂——抗敌英雄裕谦》

　　在第一次鸦片战争期间的众多牺牲者中，有一位官阶最高，他就是两江总督裕谦。裕谦与外国侵略者斗争立场坚定，与国内妥协派、投降派斗争态度坚决。裕谦督战镇海，与英国侵略军浴血奋战，临危不惧，以身报国，浩气长存。

《斩邪留正解民悬——太平天国领袖洪秀全》

　　农民出身的洪秀全，从失意文人到起义领袖，经历了长期的思想演变过程，在外敌入侵、清朝政府腐朽的历史环境之下，顺应时代的潮流，成长为一位非凡的历史英雄人物，建立了与清朝政府相抗衡的农民政权——太平天国。

《仰承汉唐　荟萃中外——近代数学家李善兰》

　　李善兰是我国19世纪重要的科学家之一，在数学、天文学、力学等方面都有重大建树。他继承了我国古代数学的成就，又以极大的热情传播西方科学文化，"仰承汉唐，荟萃中外"，把自己的一生献给了科学事业。

《严谨治学　勇于探索——近代著名数学家华蘅芳》

　　华蘅芳，中国近代数学家之一。其精通中国古算学，并熟练掌握西方近代数学，是中国验证抛物线并著书立说的参与者。为了证明"外国有的，中国也能造"而鞠躬尽瘁，在引进西方科学技术、传播科学知识上贡献卓著。

《折冲樽俎护山河——近代著名外交家曾纪泽》

　　曾纪泽是中国近代史上著名的爱国外交家，在中俄伊犁交涉事件中，他秉承抵抗列强、保卫国家的坚定意志，利用外交手段全力同沙俄抗争，捍卫了国家主权、民族尊严，收回了祖国的领土，在近代中国外交史上留下了光辉的一页。

《甲午海战留英名——民族英雄邓世昌》

　　邓世昌，北洋水师名将。本书以邓世昌的成长过程为线索，以代表性的历史故事为主要内容，还原真实的历史事件，突出鲜明的人物性格。邓世昌因在中日甲午海战中突出的英雄气概而名垂史册，书写了伟大的爱国主义篇章。

《誓与舰队共存亡——北洋水师提督丁汝昌》

　　丁汝昌处在清朝政府的腐朽和李鸿章的专断下，难以施展爱国的抱负，壮志未酬，愤恨而终。但丁汝昌为建立近代海军作出的巨大贡献，带领北洋舰队爱国官兵勇抗强敌的英雄事迹，将永远为后代所传颂。

《镇南关上凯歌扬——抗法老英雄冯子材》

　　1885年中法战争中，年逾古稀的冯子材为抵御外国侵略，勇赴国难，大败法军于镇南关，并乘胜追击，接连收复文渊、谅山等地，从根本上扭转了中法战争的局面，成为近代民族英雄的杰出代表。

《屡败法军逞英豪——黑旗军将领刘永福》

刘永福是黑旗军的创建者，是农民出身的杰出军事家、政治活动家。在19世纪发生的援越抗法、中法战争中，他率部与帝国主义侵略者进行了殊死的战斗，建立了卓越的功勋，成为我国近代史上著名的民族英雄，为后世所景仰。

《矢志变法强国家——戊戌变法领袖康有为》

康有为是清末民初最有影响力的思想家之一。他领导了中国知识界的启蒙运动，掀起了一场自上而下的政体改革。他最早在中国提出了立宪政体和具体的宪政方案，主张在坚持儒家传统和帝制的前提下，学习西方经验，他的进步思想对近代中国具有深远的影响。

《开民智以报国 普新知而图强——戊戌变法思想家梁启超》

梁启超，中国近代史上著名的政治活动家、启蒙思想家、史学家、文学家，戊戌变法领袖之一。本书以百日维新思想家梁启超的成长过程为线索，以代表性的历史故事为主要内容，还原真实的历史事件，突出鲜明的人物性格。

《我自横刀向天笑——维新志士谭嗣同》

谭嗣同在民族危机的严重时刻，投身改革救中国的洪流。为了带给祖国一个光明的未来，紧要关头，他挺身而出，用自己的鲜血激励后人，把宝贵的生命献给了变法事业。

《睡乡敢遣警世钟——用生命警策国人的陈天华》

陈天华是民主革命的活动家和宣传家。他写的《猛回头》《警世钟》等书，起到了革命启蒙的重大作用。为了激发留日学生的爱国情怀，他不惜投海自杀，演出了近代史上感人至深的一幕，给后人留下了难忘的印象。

《革命军中马前卒——民主斗士邹容》

革命乃"至尊极高，独一无二，伟大绝伦之一目的"；它是"天演之公例，世界之公理，顺乎天而应乎人"的伟大行动。因此，必须"仗义群兴革命军"。他激情高呼："革命独子万岁！中华共和国万岁！"这就是《革命军》的作者，中国近代著名资产阶级革命宣传家邹容。

《休言女子非英物——鉴湖女侠秋瑾》

为民族解放和妇女解放而英勇斗争的秋瑾，冲破封建礼教的思想牢笼，打碎封建精神枷锁，崇仰真理，追求光明，主张共和，坚持男女平等，最终献出了自己年轻的生命。

《血溅校场　杀身成仁——民主斗士徐锡麟》

本书讲述了反清志士徐锡麟弃文从武、投身反清革命事业，最终被清政府杀害的故事。出于对国家的热爱，徐锡麟献出自己的生命，他的事迹将永远激励后人深切缅怀这位民主革命的先驱。

《生可死耳　我志长存——献身民主的禹之谟》

禹之谟，民主革命党人，同盟会会员，近代资产阶级革命家、实业家。1886年，20岁的禹之谟"提三尺剑，挟一卷书"游历四方，研究西方社会政治学说，忧国忧民之心日趋强烈。戊戌变法失败，他丢掉改良幻想，倡革命救亡之说，走上民主革命道路。

《物竞天择　适者生存——资产阶级启蒙思想家严复》

严复是中国近代著名的启蒙思想家、翻译家和教育家。他长期从事教育和翻译事业，为近代中国人才培养和思想启蒙做出了重要贡献，同时他也为中国的翻译事业和中西思想文化交流做出了重要贡献。

《辛亥革命急先锋——资产阶级革命家黄兴》

黄兴，清末民初资产阶级革命家，中华民国开国元勋。黄兴在武昌首义及辛亥革命时期的爱国表现，与孙中山闻名于当时，常被时人以"孙黄"并称。本书以资产阶级革命活动实干家黄兴的成长过程为线索，歌颂了先辈伟大的爱国主义精神。

《矢志革命　百折不回——近代民主革命家廖仲恺》

廖仲恺追随孙中山踏上了创立民国与捍卫共和制的旧民主主义革命

誓与禁烟相始终

之路；在新民主主义革命时期，他为建立、巩固首次国共合作和实施三大政策，英勇奋斗，为国殉职，洒尽了一腔热血。

《将军拔剑南天起——护国英雄蔡锷》

蔡锷是中国近代史上的杰出军事家、爱国者。他的一生短暂而伟大。辛亥革命爆发，他毅然投身于革命洪流之中，领导云南重九起义，对武昌起义积极响应。袁世凯窃国复辟、恢复帝制的阴谋暴露出来以后，他又毅然举起了武装讨袁的旗帜。

《反帝反封建运动——五四青年的爱国故事》

五四运动是一次伟大的反帝反封建的爱国运动；是一个伟大的历史转折点；是中国人民的斗争从挫折走向胜利的一个关节点，它为中国的前进开辟了一条全新的道路，拉开了中国新民主主义革命的序幕。

《思想自由　兼容并包——著名教育家蔡元培》

蔡元培是中国近现代著名的民主革命家和教育家，一生经历风雨，却始终信守爱国和民主的政治理念，致力于废除封建主义的教育制度，奠定了我国新式教育制度的基础，为我国教育、文化、科学事业的发展做出了富有开创性的贡献。

《为国家争光　为民族争气——中国铁路之父詹天佑》

詹天佑是我国最早的杰出铁道工程师，因主持建造京张铁路而闻名中外，被誉为"中国铁路之父"。他为祖国的铁路事业贡献了毕生的精力。本书向读者展示了詹天佑热爱祖国、科技兴国的辉煌人生。

《实业救国　衣被天下——轻工之父张謇》

张謇是爱国实业家、教育家。他年轻时中过状元。过了40岁，开始投身工商实业活动中，他的名言是"富民强国之本在于工"。在南通，创办大生丝厂、银行等各种实业。并将创办实业的大部分所得投入教育。他的观点是，教育和实业一样，也是"富强之大本"。

《心向革命　追求光明——平民将军冯玉祥》

冯玉祥将军"是一位从旧军人转变而成的坚定的民主主义战士"。

抗日战争期间，他辗转各地，用实际行动积极抗战。日本战败投降后，他为了断绝美国的援蒋内战，又在美国四处演说，揭露蒋介石统治之黑暗，痛斥美国阴谋分裂中国的不良行为。

《刑场上的婚礼——革命烈士周文雍　陈铁军》

周文雍是广州起义的主要领导人之一。陈铁军出身于华侨商人家庭，却毅然投身革命洪流。1928年1月，两人接受派遣，回到广州假扮夫妻从事革命斗争，却不幸被捕。临刑前，两位烈士将敌人的枪声当作自己婚礼的礼炮，用生命和爱情谱写出一曲千古绝唱。

《星星之火　可以燎原——井冈山斗争的故事》

1927—1929年，毛泽东、朱德等老一辈革命家，在井冈山创建了农村革命根据地，进行了艰苦卓绝的斗争，建立了新型革命武装，点燃了工农武装革命之火，找到了农村包围城市最后夺取政权的中国革命的正确道路。

《新民学会的主要发起人——中国共产党早期革命家蔡和森》

蔡和森青年时期曾与毛泽东等人一起组织进步团体新民学会，参加五四运动，并在赴法国勤工俭学时研读大量马克思主义著作，回国后以满腔热忱投身革命事业，成为中国共产党早期重要的理论家和宣传家。

《威震黄浦江畔　高奏抗日壮歌——一·二八淞沪抗战》

面对日本侵略者的挑衅，十九路军在蒋光鼐、蔡廷锴的带领下，高举义旗，奋力一搏。一·二八淞沪抗战，是中国军人捍卫军人荣誉和祖国尊严所发出的吼声，谱写了一曲抗击日军侵略的英雄壮歌。

《将军恨不抗日死——慷慨就义的吉鸿昌》

在国难深重的20世纪30年代，吉鸿昌将军因拒绝执行国民党指示，坚决不打内战，被迫携眷出国"考察"。回国后，他加入中国共产党，组织了民众抗日同盟军，英勇打击日本侵略者，后于1934年11月被国民党反动派杀害。

《献身革命　甘于清贫——梅岭忠魂方志敏》

　　大革命失败后，方志敏凭着"两条半步枪"起家，身经百战，创建了赣东北革命根据地和红十军。本书真实记录了方志敏投身于革命、领导红军和敌人进行艰苦卓绝斗争的经历，歌颂了烈士贫贱不移、威武不屈、献身革命的高尚品质。

《奏响中华最强音——人民音乐家聂耳》

　　聂耳在他有限的生命中创作了数十首革命歌曲，在抗日救亡运动中，聂耳的这些歌曲产生了广泛深远的影响。他的音乐创作为中国无产阶级革命音乐的发展指明了方向，树立了榜样。

《横眉冷对千夫指——中国文化革命主将鲁迅》

　　鲁迅不但是伟大的文学家，而且是伟大的思想家和伟大的革命家。在那风雨如晦的黑暗年代里，他以笔为投枪，同一切帝国主义和反动派进行了顽强的战斗，为中国人民树立了一个不朽的丰碑。他是新文化战线上的一面光辉旗帜，是我们伟大民族的灵魂。

《铁流两万五千里——红军长征的故事》

　　红军长征是人类历史上的一次伟大的壮举。第五次反"围剿"失败后，中国工农红军的三大主力在极端艰难的条件下，突破国民党军队的围追堵截，进行了史无前例的战略大转移，总行程达两万五千里以上。途中发生了许多动人故事，至今令人难以忘怀。

《荣辱不移革命志——创建陕北红军的刘志丹》

　　刘志丹是杰出的无产阶级革命家、军事家，西北红军和西北革命根据地的主要创始人之一。他一生热爱人民，追求真理，英勇善战，百折不挠，艰苦奋斗，忠心赤胆，为创建红军和革命根据地、为中国人民的解放事业建立了不可磨灭的功勋。

《英名永存北平城——爱国将领佟麟阁　赵登禹》

　　1937年7月28日，日军向北平郊区发动进攻。第二十九军副军长佟麟阁奉命在南苑率部与日军苦战，腿部受伤，头部被敌机炸伤，壮烈殉国。第一三二师师长赵登禹指挥部队顽强抵抗日军，右臂中弹负伤，仍继续作战。后在转移途中遭日军截击而牺牲。

《八百壮士　四行仓库铸军魂——谢晋元和他的战友们》

八一三抗战，中国军人以血肉之躯揭开全面抗战的帷幕。这是一场血战，是中国军人不屈不挠的英雄诗篇，其中的八百壮士守四行，成为这首英雄颂歌中最动人、最凄美的音符。一曲四行保卫战，铸就了不屈的军魂。

《八女投江　气贯长虹——八位抗联女战士》

抗日战争时期，以冷云为首的东北抗日联军8名女战士，为捍卫民族尊严，面对凶残的日寇，镇定自若，宁死不屈，投江殉国，表现了中华民族同敌人血战到底的英雄气概。她们的光辉形象，激励着千千万万的后来人。

《艰苦抗战　威震敌胆——著名抗日英雄杨靖宇》

杨靖宇将军是我国著名的抗日民族英雄。曾先后担任磐石游击队政治委员、东北抗日联军第一军军长兼政委、抗日联军总司令等职。领导军民对日寇坚持了长达9个年头的艰苦卓绝的斗争，最终以身殉国。

《死也不当亡国奴——镜泊抗日英雄陈翰章》

陈翰章，从1932年8月投笔从戎，直到1940年12月8日为抗击日本侵略者，战死在镜泊湖畔。他在抗日疆场上奋战了九年，他那可歌可泣的英雄事迹将为人们永世传颂。

《名将殉国　气壮山河——抗日将军张自忠》

著名抗日将领、民族英雄张自忠，生于忧患的时代，抱有"宁为百夫长，胜作一书生"的志向，经历过失败与低谷，最终成就了慷慨人生。本书主要以人物活动为主，勾画出一个真正的"民族魂"鲜活的人生，会带给读者振奋的力量。

《宁死不辱战士名——狼牙山五壮士》

1941年日寇在河北易县"扫荡"。为掩护群众和主力部队撤退，五位八路军战士毅然把敌人引上了狼牙山棋盘坨峰顶绝路。弹尽粮绝、无路可退，五位英雄纵身跳下了万丈悬崖，用生命和鲜血谱写出一曲惊天地泣鬼神的壮举。

《太行浩气传千古——抗日名将左权》

左权，中国工农红军和八路军高级指挥员，著名军事家。是八路军在抗日战场上牺牲的最高指挥员。名将阵亡，太行山为之垂首，全党为之悲痛。周恩来称他"足以为党之模范"，朱德赞誉他是"中国军事界不可多得的人才"。

《虎将兴关外 抗倭统雄师——抗联英雄赵尚志》

本书描写了久经考验的共产党员、东北抗联的创建者和主要领导人赵尚志，在艰苦卓绝的条件下，坚持抗战，威震敌胆，战功卓著，忍辱负重，忠贞不屈，为国捐躯的英雄故事，为青少年读者呈上一部爱国主义的佳作。

《黄埔之英 民族之雄——抗日名将戴安澜》

抗日名将戴安澜，先后参加保定、漕河、台儿庄、武汉、昆仑关等战役，作战英勇，屡建奇功；入缅作战，"扬威国外，藉伸正义"；守东瓜，复棠吉；殒身缅北，遗恨丛林，马革裹尸，成就了光辉的一生。

《爱国志士 民主先锋——新闻出版家邹韬奋》

本书讲述了邹韬奋献身新闻出版事业的奋斗历程，展现了一位新闻工作者坚定的革命信念和炽热的爱国主义精神，全心全意为人民服务、为读者服务的奉献精神，歌颂了他的高尚情操和优良品质。

《为抗战发出怒吼——人民音乐家冼星海》

人民音乐家冼星海，青年时期在巴黎求学，饱尝屈辱与磨难；学成后毅然回到多灾多难的祖国，用满腔热忱谱写激昂的音乐，鼓舞中华儿女的斗志；奔赴延安，谱写出不朽的名作《黄河大合唱》，发出中华民族抗日救亡的怒吼。

《全民皆兵　抗击日寇——抗日战争的故事》

中国人民进行的十四年抗战，是一百多年来中国人民反对外敌入侵第一次取得完全胜利的民族解放战争。这场战争是以国共两党合作为基础，有社会各界、各族人民、各民主党派、抗日团体、社会各阶层爱国人士和海外侨胞广泛参加的全民族抗战。

《捧着一颗心来　不带半根草去——人民教育家陶行知》

陶行知是我国现代教育史上伟大的人民教育家、教育思想家。他从青年起就立志献身教育事业，以"捧着一颗心来，不带半根草去"的赤子之心，为人民的教育事业鞠躬尽瘁。

《为民主与和平拍案而起——民主斗士闻一多》

闻一多早年与梁实秋等人发起成立清华文学社。赴美留学期间由对祖国的深深眷恋而创作著名的《七子之歌》。后在西南联大任教8年，积极投身于抗日运动和争取民主的斗争，发表了著名的《最后一次讲演》。

《铁窗难锁钢铁心——革命先烈王若飞》

王若飞是我党早期杰出的无产阶级革命家。在艰苦卓绝的斗争中，他出生入死，屡建奇功，以超人的睿智和胆略，在敌人的监狱中，同敌人展开了殊死的较量，为抗战的胜利和新中国的诞生做出了卓越的贡献。

《横扫千军　还我河山——抗联名将李兆麟》

李兆麟是东北抗日联军创建人之一，他率领抗日联军历尽千难万险与日本侵略者浴血奋战，在极其艰苦的条件下，保存了抗日联军的有生力量，为东北光复做出了重大贡献。

《锄头开出新天地——解放区大生产运动》

为了解决困难，渡过难关，党中央号召党政军民齐动手，开展大生产运动。中国共产党在其控制区域内发动的一场军队屯田和鼓励生产的群众运动，达到了自己动手丰衣足食，共度难关，既进行革命又进行生产自足的目的。

誓与禁烟相始终

《生的伟大　死的光荣——女英雄刘胡兰》

刘胡兰，坚贞不屈的少年女英雄。生前对我国劳动人民的解放事业无限忠诚，在敌人威胁面前，大义凛然，毫无惧色，英勇牺牲，表现了共产党员的高贵品质。

《饿死不领美国救济粮——爱国知识分子的楷模朱自清》

朱自清作为爱国知识分子的典型，以锐利的笔锋直言痛斥反动政府的暴行，体现了他崇高的爱国情怀和不畏恶势力的精神品格。毛泽东曾给朱自清先生以高度评价："一身重病，宁可饿死，不领美国的'救济粮'"，"表现了我们民族的英雄气概"。

《为了新中国前进——舍身炸碉堡的董存瑞》

伟大的英雄，中国人民的儿子董存瑞，从儿童团长成长为一名光荣的解放军战士，在1948年解放隆化县城时，舍身炸碉堡，为新中国献出了自己年轻的生命。他的英雄形象永远留在人民心里。

《宁死不屈的共产党员——革命烈士江竹筠》

江竹筠，就是著名的江姐。1947年春，她负责《挺进报》工作，只几个月的时间，报纸就发行到1600多份，引起了敌人的极大恐慌。由于叛徒出卖，江姐不幸被捕，惨遭毒刑的残酷折磨，仍坚贞不屈。最后被特务秘密枪杀，年仅29岁。

《抗美援朝　保家卫国——志愿军的战斗故事》

抗美援朝战争是中国人民志愿军为援助朝鲜人民、保卫祖国安全，与美国为首的"联合国军"发生的战争。在朝鲜牺牲的志愿军烈士们，他们英勇的战斗事迹、保家卫国的精神值得我们发扬光大。

《上甘岭上壮烈歌——黄继光和他的战友们》

在1952年10月的上甘岭战役中，黄继光和他的战友们在零号阵地半山腰被敌机枪火力点压制，此时，黄继光身上已经多处负伤，手雷也已全部用光。为了完成任务，减少战友的伤亡，他用自己的胸膛堵住正在扫射的敌机枪射孔，为反击部队扫清了前进的道路。

《诗书印画 全入神品——国画大师齐白石》

齐白石出身贫寒，做过农活，当过木匠，后改学雕花木工，从民间画工入手，摹古人真迹，学诗文书法，融汇古今，而诗、书、印、画俱佳；他将中国画的精神与时代的精神统一得完美无瑕，使中国画得到国际的重视，无愧于"国画大师"的称号。

《毕生为文化而奋斗——中国第一出版家张元济》

张元济参与、主持和督导商务印书馆近六十年，使其从简单的印刷企业转变为当时中国教育出版的旗帜。张元济一生爱书，在中华大地动荡不安的年代里，他用自己对文化的热爱，续存着中华民族灿烂悠久的文明之光。

《独树一帜 梨园大师——著名京剧表演艺术家梅兰芳》

梅兰芳，京剧大师，演唱风格独树一帜，世称"梅派"。曾先后赴日本、美国、苏联演出，并荣获美国波摩那学院和南加州大学的荣誉文学博士学位。作为一位爱国者，抗战期间蓄须明志，拒绝为日本人演出，为后世称颂。

《华侨旗帜 民族光辉——爱国侨领陈嘉庚》

陈嘉庚是著名的爱国华侨领袖、企业家、教育家、慈善家、社会活动家。他为辛亥革命、民族教育、抗日战争、解放战争、新中国的建设做出了卓越的贡献。生前被毛泽东誉为"华侨旗帜、民族光辉"。

《向雷锋同志学习——伟大的共产主义战士雷锋》

雷锋，一个平凡而伟大的共产主义战士，一心向着党，一生秉承着全心全意为人民服务、无私奉献的崇高思想；发扬刻苦学习和钻研理论的"钉子"精神；坚持勤俭节约、艰苦奋斗的优良作风。毛泽东为其题词："向雷锋同志学习。"

《人民的好公仆——县委书记的好榜样焦裕禄》

焦裕禄，被誉为县委书记的好榜样。他用自己的革命精神，展开了与大自然、与社会落后现象、与病魔的多重抗争，让我们领略到一

誓与禁烟相始终

个共产党人的生之伟大、死之壮美的人格品质和具有现实教育意义的
精神魅力。

《文学巨匠　京味大师——人民作家老舍》

老舍是我国现代小说家、文学家、戏剧家。他用融入骨髓的真诚文
字反映生活的喜怒哀乐。老舍的一生，总是在忘我地工作，他是文艺界
当之无愧的"劳动模范"，生前被北京市人民政府授予"人民艺术家"
的称号。

《革命老人——无产阶级教育家徐特立》

徐特立是一代伟人毛泽东的老师。他出生在贫苦家庭，大部分时间
生活在动荡艰苦的年代；他刻苦勤奋，不畏艰辛，追求光明，一生勤
俭，为革命培养了大量的人才；他对党和人民任劳任怨，鞠躬尽瘁。他
坎坷奋斗的一生，留下了许多可歌可泣的故事。

《人生能有几回搏——新中国第一个世界冠军容国团》

容国团先后担任中国乒乓球队运动员、女队主教练。获得1959年男
子单打世界冠军；1961年夺得男子团体世界冠军；作为中国女队主教
练，1965年率女队第一次夺得女子团体世界冠军。他的"人生能有几回
搏"的豪言，举国传诵。

《石油工人一声吼　地球也要抖三抖——铁人王进喜》

王进喜，新中国第一批石油钻探工人。他为祖国石油工业的发展和
社会主义建设立下了不朽的功勋，在创造了巨大物质财富的同时，还给
我们留下了宝贵的精神财富——铁人精神。他被评为"百年中国十大人
物"，写入中华民族的光辉史册。

《做人民需要我做的事——著名地质学家李四光》

李四光是一位伟大的科学家，他一生从事地质学研究工作，足迹遍布
祖国的山川，为祖国探明了许多地下宝藏；他创建了崭新的学说——地质
力学；他历尽重重困难，为正确认识地质构造开辟了一条新路。

《中国化学工业的先驱——著名化学家侯德榜》

　　为摆脱纯碱需要进口的窘况，20世纪初，怀着"实业救国"梦想的中国化工先驱侯德榜等人创办了永利碱厂，并立志生产出中国人自己的碱。1926年，永利碱厂终于成功地生产出"红三角"牌纯碱，从此中国制碱业得以跨入世界先进行列。

《毕生求是　一丝不苟——著名科学家竺可桢》

　　著名科学家竺可桢献身科学研究；治学严谨，一丝不苟；一生廉洁，两袖清风；作风民主，爱护学生。他以爱国之心、报国之志，从一个民主主义者逐渐成长为一个共产主义战士。

《热爱自然的大地之子——著名植物学家蔡希陶》

　　蔡希陶，五十载风雨，五十载坎坷，五十载奋斗，五十载开拓，为了发现对人类生产、生活有用的植物及新物种的引进而做出巨大贡献，在中国的植物资源学史上将永远镌刻着他的名字。

《高洁无私的襟怀——知识分子的楷模蒋筑英》

　　蒋筑英是中国当代知识分子的先锋典范，他不为名，不为利，尊重科学；他以坚忍的毅力和顽强的作风，在科学的道路上呕心沥血，鞠躬尽瘁，无私地奉献了青春和生命。

《迎接新生命的天使——卓越的妇产科专家林巧稚》

　　林巧稚是国内外享有盛誉的妇产科专家。在五十多年的医学教育和临床实践中，林巧稚亲自接生了五万多婴儿，治愈了数千病人，培养了数以百计的专门人才，为我国的妇女儿童事业做出了不可磨灭的贡献。

《独自成千古　悠然寄一丘——国画大师张大千》

　　张大千是20世纪中国画坛最具传奇色彩的国画大师，无论是绘画、书法、篆刻、诗词无所不通。在艺术界深得敬仰和追捧，艺术家们用真挚的感情，用绘画和雕塑展现了"张大千"多彩的艺术形象。

《建造中国的通天塔——著名数学家华罗庚》

中国当代著名数学家华罗庚，为中国数学的发展做出了无与伦比的贡献，他是中国解析数论、典型群、矩阵几何等多方面研究的创始人与开拓者，也是我国最早将数学理论研究与生产实践紧密结合的科学家。

《问鼎长天　强我国威——两弹元勋邓稼先》

邓稼先是我国著名科学家，参加组织和领导我国核武器的研究、设计工作，从对原子弹、氢弹原理的突破和试验成功及其武器化，到新的核武器的重大原理突破和研制试验，作出了重大贡献。是我国核武器理论研究工作的奠基者之一，被誉为"两弹元勋"。

《敢叫天堑变通途——桥梁专家茅以升》

中国著名的桥梁专家茅以升从小立志为祖国建造桥梁，经过不懈努力，他不仅设计建造了一座座宏伟壮观、坚固实用的道路桥梁，而且搭建了一座座友谊之桥，为祖国建设作出了卓越贡献。

《蘑菇云之梦——核物理学家钱三强》

被誉为"中国原子弹之父"的核物理学家钱三强，更名后立志于科技报国；24岁投师于世界著名核物理学家居里夫妇；与夫人何泽慧合作，发现铀的"三分裂""四分裂"现象；统领我国的原子大军，做了大量创造性工作。

《两离桑梓地　满怀雪域情——领导干部的楷模孔繁森》

孔繁森，是一位一尘不染、两袖清风的好干部。两次进藏工作，历时十载，为西藏的建设、发展和稳定作出了突出的贡献。1994年11月，孔繁森不幸以身殉职。人民群众称他为新时期领导干部的楷模。

《摘取数学皇冠上的明珠——著名数学家陈景润》

陈景润是享誉世界的数学家，为了证明"哥德巴赫猜想"，他以惊人的毅力在数学领域里艰苦跋涉，终于攻克了世界著名数学难题"哥德巴赫猜想"中的"1＋2"，创造了中国乃至世界数学史上的辉煌。

《学术独步　饮誉四海——享有国际威望的科学家卢嘉锡》

卢嘉锡是一位在国际科学界享有崇高威望的物理化学家、化学教育家和科技组织领导者。1945年，卢嘉锡满怀"科学救国"的热忱回到祖国，对中国原子簇化学的发展起了重要推动作用，他所指导的新技术晶体材料科学研究，也取得了重大成绩。

《德艺双馨　梨园楷模——著名豫剧表演艺术家常香玉》

常香玉1941年赴陕甘演出。1948年在西安创办香玉剧社。1951年为支援抗美援朝，率剧社巡回西北、中南、华南各地演出，以演出收入捐献"香玉剧社号"战斗机一架，素有"爱国艺人"之誉。

《文学大师　激流勇进——著名作家巴金》

本书以巴金生平和主要事迹为线索，回顾和展示现代著名作家巴金的一生，以期让人们看到巴金在这风云变幻的100多年中，有过成功的欢欣，有过屈辱的磨难，有过痛苦的忏悔，有过平静的安宁。巴金的人生，映照着一代中国五四知识分子坎坷而不平凡的命运。

《壮心系科学　孜孜为国昌——理论化学家唐敖庆》

本书讲述了唐敖庆从出国求学、学业有成、回国任教，到服从安排、艰苦工作、刻苦钻研，最终成为中国量子化学奠基者的过程。让人们看到了这位著名化学家的赤心爱国、严谨治学、大公无私的崇高品格和科研上的卓越成就。

《中国导弹之父——著名科学家钱学森》

当第一颗原子弹升空的时候，当中国的人造卫星奏响《东方红》的时候，当中国运载火箭腾空而起的时候，当中国研制的导弹准确命中目标的时候，人们都会想起他的名字：中国导弹之父钱学森。

《中国近代力学的奠基人——著名科学家钱伟长》

钱伟长曾以中文和历史两个100分的成绩考入清华大学。九一八事变后，钱伟长毅然放弃了文科的学习而转为理科。他是中国近代力学、应用数学的奠基人之一，在固体力学、流体力学以及航空航天领域，取得了卓越的成就，为新中国的现代化建设付出了毕生的精力。

《中国光学科学的奠基人——著名科学家王大珩》

王大珩是我国著名的科学家，中国光学科学的奠基人。他先在清华就读，后赴英国求学，学业有成，立志科学救国，其成就享誉神州。他以科学的求是精神和赤诚的爱国情怀，探索着中国光学发展的闪光之路。